KB060754

눈을 뜬 곳은
무덤이었다

눈을 뜬 곳은
무덤이었다

민이안　장편소설

B 북폴리오

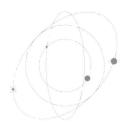

뽀얗고, 굴곡진, 어떤 덩어리.

눈을 떴을 때, 정체불명의 물체가 코앞에 놓여 있었다. 색깔이나 표면의 느낌으로 보아 지점토 같은 것이 아닐까 싶은데. 어째서 이런 물체가 내 침대 위에 올라와 있는 것인지 도통 알 수가 없다. 어젯밤에 술을 진탕 마셨던가? 기억이 나지 않는다. 필름이 끊기지 않고서야 이런 걸 기억 못 할 리는 없을 텐데.

"뭐야, 이거…."

의문을 한가득 안고 눈을 껌뻑이던 때였다. 낮은 기계음이 메아리처럼 들려오는가 싶더니 천장에서 무언가 떨어져 몸을 덮치고 들었다. 나는 반사적으로 황급히 몸을 웅크렸다. 꽤나 묵직한 충격이 여러 번 반복해 가해진 것치고는 통증이 없었다.

뭘까? 누군가 큼직한 베개를 가지고 장난을 치고 있는 걸지도 모른다. 그렇게 1분 정도 지났으려나. 몸 위로 겹겹이 가해지던 중량의 반복이 드디어 멈췄다.

도대체 이게 뭐야?

나는 짜증스럽게 침대를 딛고 몸을 일으키려 했다. 그러나 몸이 마음처럼 움직여지지는 않았다. 침대라고 생각했던 바닥에는 무슨 이유 때문인지 수많은 틈이 있었는데, 그 틈 사이로 내 손과 발이 그대로 미끄러져 들어간 것이다. 놀란 내가 팔다리를 빼내기 위해 버둥거리자 바닥이 슬쩍 내려앉는 느낌이 났다.

엄습하는 불길한 예감.

일단 멈추자. 이렇게 막무가내로 움직이다가는 정말로 위험한 일이 벌어질지도 모른다. 잠시 상황을 살펴볼까. 나는 조심스레 고개를 돌려보았다.

온 세상이 새하얀 덩어리 천지다. 내 옆에 놓여 있는 것들, 내 위에 쏟아져 있는 것들, 그리고 내가 깔고 누워 있는 것들까지, 모두 정체 모를 새하얀 덩어리들이다. 좀 더 거시적인 관점에서 설명하자면, 나는 현재, 이 의문의 하얀 덩어리들 사이 어딘가에 끼어 있는 상태라고 할 수 있다.

"아니, 진짜 뭐냐고, 이거!"

어딘가 아픈 곳은 없고, 당장 죽을 것 같은 외부적 위협도 없다. 그러나 이런 기괴한 상황에 처한 이유를 전혀 알 수 없다는 데에서 오는 불쾌함과 더불어, 앞으로 어떤 일이 벌어질지 조금도 예측이 불가하다는 사실로 인한 두려움이 밀려들었다. 나는 공황에 빠지지 않기 위해 일부러 도식적인 생각을 잔뜩 했다.

이 덩어리들이 어떤 용도로 쓰이는 물체인지는 모르겠지만, 이곳은 일종의 공장 같은 장소일지도 모른다. 그렇다면 생산 라인의 직원들이 있을 것이고, 이런 상황을 대비해서 안전 요원들도 배치되어 있겠지.

나는 구조 요청을 위해 목소리를 높였다.

"계세요?"

대답은 들려오지 않았다.

"여기 사람이 끼었어요! 저기요! 아무도 없어요?"

아까 천장에서 덩어리들이 떨어져 내리기 직전 잠깐 들렸던 기계음을 제외하면, 이곳에서 들을 수 있는 소리라고는 내 목소리의 메아리밖에 없는 듯했다. 한참을 목청 높여 외치던 나는 잠시 입을 다물었다. 침이 바싹 마르는 적막 속, 어딘가에서 작은 신음이 들려오고 있었다. 나는 귀를 쫑긋이 세우고 방향을 예측해보았다. 내 머리에서 우측으로 45도 정도 경사진 위쪽이다. 아무래도 새로이 떨어진 덩어리들 사이에 또 다른 사람이 끼어 있는 모양이었다.

"으…. 으으….."

"저기요? 괜찮으세요?"

"으…. 싫어, 싫어…. 무서워…."

겁을 심하게 집어먹은 목소리가 들려온다. 성별은 잘 모르겠
지만 그리 앳된 사람처럼 들리지는 않았다. 어쨌든 나는 안도
했다. 공포에 떨고 있는 상대에게는 미안한 이야기이지만, 그의
등장 덕분에 나의 두려움은 상당히 완화되었으니까. 같은 공간
에 사람이 있다는 사실을 확인한 것만으로도 이렇게나 마음이
든든해질 줄이야. 나는 다시금 목소리를 높여 상대에게 말을 걸
었다.

"저기, 선생님? 괜찮으세요? 움직일 수는 있으세요?"

"으으으…. 싫어…. 그냥 죽게 해줘…."

"예? 뭐라고요?"

상상도 못 한 말을 들은 나는 얼떨결에 상대를 향해 되물었
다. 혹시 떨어지면서 심각한 부상이라도 입은 걸까? 저런 말을
입 밖으로 내뱉을 정도라면 죽는 게 낫겠다 싶을 정도로 고통이
심한 상태일지도 모른다. 나는 상대를 안심시키기 위해 최대한
다정한 목소리를 꾸며냈다.

"선생님, 지금 패닉 상태이신 것 같아요. 일단 심호흡을 좀 해
보시고요. 저희를 구해줄 사람들이 곧 올 것 같거든요? 저도 여

기 있으니까 너무 걱정 마시고, 조금만 침착하게 기다리면…."

그 순간 실내가 깜깜해졌다. 전등이 켜지고 꺼질 때의 스위치 소리조차 나지 않았다. 마치 빛이라는 물리 현상이 세상에서 삭제된 것처럼 순식간에 시야가 암흑으로 뒤덮였다고나 할까. 이쯤 되니 실내의 조명이 꺼진 것인지, 내 눈이 갑자기 기능을 정지한 것인지 헷갈릴 지경이었다. 당장 눈앞에 보이는 것은 하나도 없고, 이제 정말 마음을 의지할 수 있는 것이라고는 내 위쪽에서 들려오는 작은 신음, 그 소리 하나뿐이었다.

"선생님, 놀라셨죠? 당황하지 마세요! 괜찮을 겁니다!"

"으으…. 죽여줘, 죽여줘…."

조금 맥이 풀리는 기분이 들었다. 상대는 처음부터 지금까지 똑같은 상태다. 단 한 번도 내 말에 대답하지 않고, 그저 죽게 해달라는 말만 반복해서 웅얼거릴 따름이다. 이 갑작스러운 어둠에 당황한 것 역시 나 혼자뿐인 것 같다. 그래도 근처에 사람이 있어서 어느 정도 마음의 버팀목이 되었다고 생각했는데, 그 상대가 계속 이상한 말밖에 하질 않으니 슬슬 두려움이 다시 몰려들기 시작했다.

그때, 아래쪽에서 빛줄기가 길게 새어 들었다. 덩어리에 낀 나는 순식간에 그 빛 속으로 빨려들듯이 아래로 떨어졌다. 갑작스럽게 밝아진 시야 속에서 몸에 엮인 덩어리들과 함께 곤두박

질치며 와르르 바닥을 구르고 나서야 겨우 팔과 다리를 빼낼 수 있었다. 잠깐 숨을 고르고, 목과 얼굴에 둘러쳐지듯 걸려 있던 덩어리들을 벗어내려던 때였다. 손에 잡힌 것의 감촉이 너무 익숙해서 조금 이상한 기분이 들었다.

"어우, 이게 대체 뭐야? 기분 나쁘게 꼭 사람 피부처럼 말캉한 것이…."

거기까지 말하고 나는 잠시 말을 멈췄다. 내가 방금 목에서 풀어낸 역 Y자 형태의 새하얀 덩어리는, 온전한 형태를 이루고 있는 사람의 하반신이었다.

"으아아악!!! 씨발!!! 이게 뭐야!!!"

기함할 듯 놀란 나는 욕설과 함께 비명을 내지르며 손에 쥐고 있던 허벅지를 온 힘을 다해 집어던졌다. 손에 움켜쥐었던 피부의 느낌이 너무 생생해서 소름이 쭈뼛 돋을 지경이었다. 다행히도 저만치 나가떨어진 육체는 진짜 사람의 것은 아닌 듯 보였다. 이쪽을 향해 벌어져 있는 사타구니 쪽이 별다른 조형 없이 민둥한 형태를 하고 있었던 것이다.

"뭐야… 마네킹이었어? 어우씨, 놀래라…. 기절할 뻔했네."

투덜거리면서 몸을 일으킨 나는 여전히 요란한 소리가 들려오는 뒤쪽을 돌아보았다. 처음에는 구부러진 파이프처럼 특이하게 생긴 건물의 토출구를 통해 마네킹들이 쏟아져 내리는 거라고 생각했다. 그러나 건물이라고 생각했던 것은 지상에 전혀 닿아 있지 않았다. 나는 그것이 소리 없이 공중에 떠 있는 비행 물체라는 사실을 조금 늦게 깨달았다. 얼마 지나지 않아 모든 마네킹들을 쏟아낸 그것은, 활짝 열려 있던 파이프 끄트머리의 문을 닫고 맑고 푸르른 하늘 위로 재빠르게 사라져갔다.

나는 멍하니 눈앞의 비현실적인 광경을 바라보았다.

벽으로 둘러싸인 커다란 공터의 중간에는 비행 물체가 쏟아 버리고 간 새하얀 마네킹들이 쌓여 작은 둔덕을 이루고 있었다. 하늘은 청명하고 햇살은 어찌나 아름답게 내리쬐던지. 쌓여 있는 마네킹의 산이 마치 그리스·로마 시대의 대리석 조각들을 현대 미술로 재해석한 예술 작품처럼 보일 지경이었다.

현실감이 너무 없는 나머지 정신까지 조금 이상해진 것이려나. 사고 회로를 잠시 멈춘 채 그 자리에 멀뚱히 서 있던 나는, 아까 들었던 사람의 목소리를 불현듯 떠올리고는 그를 찾기 위해 마네킹 둔덕으로 급히 달려갔다.

"선생님! 어디 계세요? 안 다치셨어요?"

기괴하게 뒤틀려 엉겨 있는 수많은 마네킹들 사이에서 사람의 모습은 쉬이 찾을 수 없었다. 어쩌면 내가 운 좋게 바깥으로 튕겨져 나오는 동안, 그 사람은 운 나쁘게 둔덕의 한가운데에 깔려 있을지도 모른다. 나는 반복해서 선생님을 외쳐 부르며 둔덕의 마네킹들을 아래쪽으로 잡아끌었다.

마네킹들은 온전한 전신을 유지하고 있는 것들이 대부분이었지만, 일부 신체가 따로 떨어져 있거나 괴상한 형태를 하고 있는 것들도 많았다. 게다가 마네킹의 말랑거리는 촉감이 사람의 피부와 너무나도 비슷해서 붙잡을 때마다 소름이 끼치고 기분이 나빴다. 그렇지만 인간은 적응의 동물이라 하지 않던가. 몇 번이고 반복해서 만지다 보니 그 감촉에 적응이 되는 것도 금방이었다. 물론 이런 마네킹들을 어떤 연유로 만들었는지 조금 궁금해지기는 했지만.

"흐으으…, 으으…."

손이 멈칫했다. 아까 들려오던 신음과 같은 소리다. 나는 소리가 나는 쪽에 쌓여 있는 마네킹들을 황급히 끌어당겨 치웠다. 그리고 잠시 후. 움직이지 않는 마네킹들 사이에서 몸을 웅크린 채 떨고 있는 목소리의 주인공을 발견했다.

"어…?"

당연히 사람일 거라고 생각했던 그 상대는 사방에 뒤엉켜 있는 새하얀 마네킹들과 똑같은 모습을 하고 있었다. 분명 마네킹인데, 사람처럼 숨을 쉬고, 사람처럼 관절을 움직이고 있는 것이다. 그 순간, 지금까지 막연히 마네킹이라고만 생각했던 수많은 덩어리들이 갑자기 인간의 뒤틀린 신체처럼 보였다. 헛구역

질이 치밀었고, 나는 밟고 서 있던 마네킹들 위에서 발이 미끄러져 땅바닥으로 굴러떨어지고 말았다. 정신이 없어서 그런지 아픔을 느낄 겨를도 없었다. 겨우 바닥을 딛고 몸을 일으킨 나는 명치를 두드리며 안에 든 것을 최대한 토해냈다. 아무것도 섞이지 않은 약간의 맑은 물이 뿜어져 나왔다.

급한 대로 정신을 수습하고 고개를 들어보니 신음을 흘리던 상대가 몸을 일으킨 채로 나를 뚫어져라 쳐다보고 있었다. 백색 지점토처럼 새하얗고 한 가닥의 솜털도 없는 매끈한 두상, 거기에 번쩍이는 주황색 홍채가 괴이한 느낌을 가중시켰다. 하지만 그 무엇보다 기묘했던 것은 상대의 표정이었다. 혼란, 혐오, 공포, 적개심…. 상대는 이 모든 감정이 뒤섞인, 그 누구보다도 인간처럼 보이는 생생한 눈빛을 하고 있었다.

"이제…. 끝낼 수 있는 거 맞지…?"

서슬 퍼런 눈빛과는 전혀 다른 초조한 어투로 상대는 내게 물었다.

"예? 무슨 말씀이시죠?"

나는 침을 꿀꺽 삼켰다. 비록 바싹 마른 입에서 식도로 넘어가는 것은 아무것도 없었지만.

"너도…. 분명 고통스러워했잖아…."

알 수 없는 말을 계속 이어가며 상대가 한 걸음 내게로 다가

왔다. 전체적인 실루엣은 인간과 비슷하지만, 유두도 성기도 없이 제도용 지우개처럼 민둥한 신체 구조가 주는 위화감 때문에 내 눈꺼풀은 절로 불안하게 떨렸다. 나는 조심스레 한 걸음 뒤로 물러서며 대꾸했다.

"저기…. 선생님, 혹시 사람을 착각하신 건 아닌가요? 저는 오늘 선생님을 처음 봅니다만…."

나의 대답에 상대의 표정이 풀어졌다. 그러나 그것은 찰나의 순간이었다. 새하얀 얼굴은 곧 악마처럼 일그러졌고, 나는 직감적으로 깨달았다. 이유는 알 수 없으나 이와 같은 상대의 부정적인 시그널들이 머지않아 나에 대한 공격성으로 표출될 가능성이 99.9퍼센트에 육박한다는 것을.

3초. 2초. 1초.

상대는 그대로 내게 달려들었다.

"도대체 왜 이러는 건데요?! 나 알아요?!"

막무가내로 덤벼드는 상대를 피하며 나는 소리를 질렀다. 바닥에 널브러진 새하얀 신체들에 발이 걸려 몇 번이나 넘어질 뻔했는지. 나는 두 발로, 때로는 네 발로 뛰어 이리저리 도망 다니면서 좋은 정보와 나쁜 정보를 동시에 캐치해냈다.

일단 좋은 정보는 상대의 전투 능력이 그다지 뛰어나지 않다는 점이었다. 그래서 초반에 상대에게 붙잡혀 목이 졸렸을 때에도 제압으로부터 손쉽게 빠져나오는 일이 가능했다. 하지만 나쁜 정보가 문제라면 상당히 큰 문제였는데….

"저기요! 대화를 좀 하자니까요? 도대체 이게 무슨 상황인지 좀!"

"이제 멈춰야 해…. 이르모스의 지옥에서 벗어나야만 해…."

"그러니까 그게 뭐냐고요! 뭔지 알려줘야 같이 벗어나든 말든 할 거 아니에요!"

"이제 시간이 없어…. 거미들이 나타나기 전에 끝내자…."

나쁜 정보, 첫째. 이 상황에 대해 어느 정도 파악하고 있는 것 같은 상대의 말을 전혀 이해할 수 없다는 점. 둘째. 의문점에 대해 아무리 질문해도 마땅한 대답을 들을 수가 없다는 점. 셋째. 이것이 올바른 묘사인지 확신할 수는 없지만…. 어쨌든, 상대가 내비치고 있는 살의가 '진심'이라는 점. 그리고 마지막 네 번째이자 가장 심각한 문제. 나를 추격하고 있는 상대의 공격 방식이 점점 진화하고 있다는 점이었다.

"윽!"

싸움을 반복할수록 유연성까지 점점 좋아지는 것일까? 내 머리를 노리는 상대의 리치가 점점 길어지는 것 같다는 생각이 들었다. 속도가 빨라지는 것은 진작부터 두말할 필요도 없다. 순식간에 눈앞에 다시 나타난 상대의 손을 피해 몸을 뒤로 젖힌 순간, 허벅지를 꽈악 움켜쥐는 날카로운 손톱의 감촉이 느껴졌다.

아니, 이런 밋밋한 몸에 손톱은 대체 왜 있는 거람?

이 짧은 생각이 채 끝나기도 전에 상대는 내 다리를 허공으로 들어 올렸고, 그 여파로 인해 나는 등부터 시작해서 땅바닥에 꽉 처박히고 말았다. 아지랑이처럼 피어오르는 상아색 먼지 사이로 맹수인 양 허공으로 뛰어오르는 상대의 모습이 보였다. 상대는 피식자를 깔아뭉개듯 내 몸 위에 올라타더니 한쪽 팔로는 내 목을 짓누르고 다른 한 손으로는 내 이마를 거칠게 움켜쥐었다. 뾰족한 손톱이 이마의 얇은 피부를 파고들었고 급기야 관자놀이 쪽으로 액체가 흘러내리는 감각이 느껴졌다. 아무래도 상대는 내 머리 가죽을 벗겨버릴 작정인 듯했다.

"야 이 씨, 피 나잖아!!! 이거 놔!!! 이 미친 새끼야!!!"

상대의 손을 잡아 뜯으며 버둥거리던 나는 조금 다른 방식을 이용해 녀석으로부터 벗어나기로 했다. 일단 무릎을 세운 채 두 발을 땅에 단단히 지지하고, 엉덩이를 빠르게 들어 올려 내 몸 위에 있는 상대의 무게중심을 크게 흔들었다. 그러자 머리 쪽으로 무게가 쏠린 상대가 잠시 주춤거렸다. 나는 그 짧은 순간을 놓치지 않고 온 힘을 다해 상대의 상체를 머리 위로 굴리듯 집어 던졌다. 내동댕이쳐진 상대의 몸이 바닥에 고꾸라지는 소리가 들려왔다.

나는 용수철처럼 몸을 일으켜 전력으로 달리기 시작했다. 어떻게 이런 초인적인 힘을 순간순간 발휘하고 있는지 이해할 겨를도 없었다. 어쩌면 아드레날린 과다 분비로 인한 예측 밖의 결과물일지도 모른다. 어쨌거나 이 급박한 상황에 그런 사소한 분석 따위가 뭐가 중요하겠는가. 일단 만사를 다 제쳐두고 지금 집중해야만 하는 일 제1순위는, 저 미친 공격성을 보이는 사이코패스 마네킹으로부터 도망치는 것이다!

그래, 도망치는 거야!

도망쳐야 해!

도망쳐야 하는데—….

갑자기 눈앞에 초록색 레이저가 그물망처럼 펼쳐지더니 몸이 말을 듣지 않았다. 안면 근육을 움직이는 정도는 가능했지만, 마치 전신이 마비된 것처럼 모든 감각이 사라졌고, 팔다리의 그 어느 부위에도 힘이 들어가지 않았다. 나는 급격히 초조해졌다.

"으…. 으으…. 몸이 왜 이래…? 도망가야 하는데…!"

타닥, 타닥.

마침 멀리서부터 발소리 비슷한 것이 들려왔다. 그러나 사람의 발소리라기에는 조금 위화감을 주는 리듬이었다.

타닥, 타닥, 타다닥, 타다다닥, 타닥.

괴이한 소리의 레이어는 급속도로 겹쳐졌고, 묵직해진 소리의 해일은 점점 나에게 가까운 곳으로 밀려왔다. 소리가 가까워질수록 그 괴이한 발소리 사이사이로 더더욱 기분 나쁜 괴음들이 섞여 있다는 점이 사람을 더욱 미치게 했다.

치이익. 덜컥덜컥. 덜그럭. 달각. 키잉.

우적우적… 쉬이잉…. 슈르륵…. 탁.

타닥, 타다다닥, 타닥, 타다닥.

정체 모를 소리들의 향연에 온몸의 신경이 곤두서는 찰나, 뒤쪽에서 찢어지는 듯한 비명 소리가 들려왔다.

"으아아악!!! 싫어!!! 저리 가!!! 으아아아아악!!!"

나는 귀를 쫑긋이 세웠다. 나를 공격했던 상대와 목소리의 파동이 똑같았다. 등줄기로 소름이 돋고 식은땀이 흐르는 것만 같았다.

대체 무슨 일이 벌어지고 있는 거야?

제발, 몸아, 움직여라, 제발!

그때, 매끈한 재질의 얇은 금속 기둥이 눈앞에 나타났다. 첫 번째 금속 기둥의 하단부가 접히며 바닥에 닿는 순간 타닥 하는 소리가 났고, 그 소리를 따라 세 개의 금속 기둥이 뒤쪽에서 연이어 나타나며 타다다닥 하는 소리가 이어졌다. 금속 기둥들은 일곱 개의 마디를 이용해서 마치 생명체처럼 매끄럽게 이동하고 있었다.

이 익숙한 움직임을 본 순간, 나는 이것이 무엇인지 곧바로 알아차릴 수 있었다. 아까 나를 공격했던 마네킹 녀석이 말했었지. 거미들이 나타나기 전에 끝내야만 한다고. 그 정보에 기초하면 지금 내가 처한 상황은 쉽게 설명된다. 눈앞에 보이는 저 금속 기둥은 누가 보더라도 거미의 다리처럼 움직이고 있다. 그렇다면 방금 전 보았던 초록색 레이저 그물망은 일종의 거미줄일 것이고, 나는 그 거미줄에 걸린 곤충 신세가 된 것일 터.

내가 아는 지식대로라면 거미줄에 걸린 곤충이 거미와 마주했을 때 벌어질 것으로 예상되는 패턴은 단 하나뿐이다. 나는 온 힘을 다해 몸을 비틀어보았다. 그러나 아무리 용을 써봐도 마비된 몸은 전혀 움직이지 않았다. 거미의 독에 당한 걸까? 혹시 먹이를 바로 먹지 않고 저장해두는 녀석이라면, 마비가 풀릴 때까지 버텼다가 도망칠 수 있을지도 모른다. 나는 최대한 머리를 굴리며 녀석과의 대면을 기다렸다.

잠시 후, 금속 기둥에 연결된 거대한 몸통이 옆쪽 시야에서부터 스르르 나타났다. 넓적한 얼굴. 두 개의 거대한 엄니. 머리를 빙 둘러 배열된 여덟 개의 커다란 눈. 불행 중 다행으로 눈앞의 거대 거미가 솜털 없는 매끈한 금속 재질로 이루어진 덕분에 까무러치지 않고 정신은 유지할 수 있었다. 물론 그렇다고 해서 두려움이 다 사라진 것은 아니었다. 타닥거리는 소리가 이 녀석의 발소리였다고 한다면, 발소리 사이에 섞여 있던 기분 나쁜 그 소리들은 대체 무엇이었을까.

관자놀이에서 흐르는 액체가 어느새 턱을 타고 뚝뚝 떨어져 내리고 있었다.

『전두부 외피 일부 손상 외 양호. 자아 인지 가능 개체로 판별. 저희 업사이클링 센터 24호점은 A.I. 행동 규범을 준수하여 자의적인 신체 기증을 허용하지 않습니다. 안녕하세요, 고객님? 제조 번호나 등록 번호를 말씀해주시겠습니까?』

웅? 이 거미에서 나는 소리인가?

나는 고개를 갸우뚱했다.

『안녕하세요, 고객님? 제조 번호나 등록 번호를 말씀해주시면, 저희 직원이 곧바로 도와드리겠습니다.』

안정감을 주는 따스한 어조의 중성적인 목소리가 다시 한번 들려왔다. 거미의 눈, 아마도 카메라로 추정되는 전면부 네 개의 동그란 렌즈가 나를 빤히 바라보고 있었다. 아무래도 나를 잡아먹을 심산은 아닌가 본데. 문제는 제조 번호니 등록 번호니

하는 것이 무엇을 뜻하는지 전혀 모른다는 점이었다.

"나는…. 그런 거 모르는데…."

『죄송합니다, 고객님. 식별 번호 확인 없이 기동 정지 해제 작업은 원칙적으로 불가능합니다. 만약 메모리 데이터에 문제가 생겼다면 보고해주시겠습니까?』

"메모리 데이터?"

그 말에 나는 다시 기억을 더듬어보았다. 맨 처음 눈을 떴을 때는 새하얀 마네킹들 사이에 끼어 있었다. 아마도 어젯밤에 술을 많이 마셔서 필름이 끊겼던 것 같고…. 잠깐. 그런데 어젯밤에는 왜 그렇게 술을 많이 마셨지? 그보다 나는 원래 술을…. 좋아했던가?

딴 데로 새지 말고 다시 생각해보자!

자, 그러니까 마지막으로 누구랑 같이 술을 마셨더라? 혼자 마셨나? 이건 기억이 잘 안 난다. 그럼 패스하고. 술 마시기 전에 마지막으로 만났던 건…. 모르겠다. 어쨌든 내가 살던 곳은 여기가 아니니까, 내가 살던 집으로 가보면 뭔가 흔적이 남아 있을 거다. 그러니까 우리 집 주소가…. 어라…. 우리 집 주소…?

나 어디서 살았지?

뭘 하고 살았지?

이름은?

아무것도 기억이 나지 않는다!

"모르겠어! 진짜 아무것도 기억이 안 나!"

『오래 기다리셨습니다. 메모리 데이터 소실 보고 완료되었습니다.』

불과 1초도 안 지났는데 뭘 오래 기다렸다는 것인지는 모르겠지만, 어쨌거나 내가 기억을 잃었다는 사실만큼은 확신할 수 있었다.

"저기, 거미 씨! 여긴 어디야? 난 어떻게 되는 거야, 이제?"

『네, 고객님. 질문에 답변해드리겠습니다. 이곳은 폐기된 안드로이드의 파츠를 분리해 새로운 몸으로 활용할 수 있도록 돕는 안드로이드 업사이클링 센터 24호점입니다. 죄송하지만 고객님께서는 식별 번호를 확인해줄 대리인이 도착할 때까지 안전 케이지에서 잠시 대기해주셔야 합니다. 답변에는 만족하셨습니까?』

"어어…?"

『더 궁금한 사항이 있으십니까?』

거미의 속사포 같은 말투에 잠시 얼이 빠져 있던 내가 다급히 물었다.

"어, 저기! 나는 여기 아는 사람이 없거든? 대리인이 없으면 어떡해?"

『네, 고객님. 질문에 답변해드리겠습니다. 임의 대리인 제도 요건에 맞는 안드로이드 중에서 대리 요청을 허가하는 안드로이드가 있을 경우, 간단한 심사를 마친 후 그가 대리인 역할을 맡을 수 있습니다. 다만 이 경우는 시간이 조금 소모되는 점 양해 부탁드립니다. 답변에는 만족하셨습니까?』

"어…. 어어….'

『매우 만족을 10점, 매우 불만족 1점으로 치환했을 때, 고객님께서 생각하시는 만족 지수를 알려주시겠습니까?』

"어어, 10점, 10점! 매우 만족했으니까, 이제 날 그 안전 케이지인가 뭔가 하는 거에 좀 데려다줘. 방금 전까지 날 죽이려던 놈이 근처에 있었어. 여긴 안심이 안 돼."

『네, 알겠습니다, 고객님. 곧 출발합니다.』

말을 마친 거미가 타닥거리는 발소리와 함께 시야에서 사라졌다. 아마도 내 뒤쪽으로 이동한 것 같다. 잠시 후, 마치 자석에 달라붙듯 내 등이 무언가에 철썩 달라붙었고, 나는 그대로 공중으로 솟아오르기 시작했다.

그렇게 허공에 뜬 채 우연히 아래쪽을 내려다보게 된 나는, 아까부터 들려온 괴상한 소리의 정체를 그제야 알게 되었다. 방금 나와 대화를 나눈 거미보다 훨씬 작은 크기의 수많은 금속 개미들이 마네킹의 산을 뒤덮은 채 그것들을 분해하고 있었다. 한 녀석이 붉은 레이저를 쏘아 살갗을 가르면 옆에 있던 녀석이 마네킹 내부의 금속재를 뽑아냈다. 뽑아낸 금속재에는 여섯 마리의 개미가 달라붙어 각 연결구를 뜯어냈고, 그렇게 분리된 파츠를 짊어진 개미들은 일사불란하게 열을 맞춰 특정한 장소로 이동했다. 뼈대가 사라지고 난 다음 남겨진 새하얀 가죽은 커다란 금속 사마귀가 엄니를 사용해 뜯어먹었고, 분해된 마네킹의 몸에서 흘러나온 푸른 액체 위에는 작은 금속 파리들이 몰려들어 주둥이를 대고 있었다.

눈앞에 보인 괴이한 광경의 충격 때문일까, 피로감 때문일까.

갑자기 시야가 흐려지며 노이즈가 지직거렸고, 내 의식은 거기서 끊겼다.

새까맣던 의식 속에서 가장 먼저 돌아온 감각은 청각이었다. 나는 희뿌연 기분에 휩싸인 채로, 어떤 이들이 나지막이 대화를 나누는 소리를 들었다.

"응, 문제없어. 내가 할게."

『동의 내역이 접수되었습니다. 대리 집행 협조인의 식별 번호를 재확인합니다. 레벨 적합도, 이상 없음. 신뢰성 적합도, 이상 없음. 계약이 성사되었습니다. 대리 집행에 대한 감사의 의미로 저희 센터에서는 고객님께서 주문하신 파츠의 일부를 무료로 추가 제공해드리고자 합니다. 혹시 다른 업그레이드를 원하십니까?』

"아니, 괜찮아. 파츠면 돼."

나는 그즈음 살포시 눈을 떴다. 네모난 조명이 달려 있는 새하얀 천장이 보인다. 그러고 보니 이거 어디선가 많이 봤던 장면 아닌가? 눈을 뜨니 낯선 천장이었다, 하는 바로 그거. 소설이나 영화의 도입부로 많이 쓰이는 장면. 이렇게 낯선 천장을 보고 누워 있으니 괜스레 내가 어떤 이야기의 주인공이 된 것만 같은 기분이 들었다.

나는 별 영양가 없는 생각을 하며 눈꺼풀을 껌뻑이고 있었다. 여전히 몸의 마비가 풀리지 않아 손발이 전혀 움직이지 않았기 때문에 할 수 있는 일이 없기도 했고.

저-벅, 저벅, 저-벅, 저벅.

낯선 발소리가 가까워지고 있다. 양발의 딛는 속도가 다르지만 이건 사람의 발소리가 분명했다. 반가운 마음이 든 것도 잠시, 아까 전 나를 죽이려 달려들었던 허연 녀석과의 사투가 떠올라서 발끝이 조금 움츠러들었다. 아, 물론 실제로 움츠러든

건 아니었다. 그런 기분이 들었던 것뿐이다.

"도구는 다 있지?"

『네. 모두 침대 옆에 구비되어 있습니다.』

대답하는 쪽은 일전에 나도 대화를 나눈 바 있는 금속 거미의 목소리가 분명했다. 그런데 거미에게 질문하는 상대의 목소리는 난생처음 듣는다. 나를 공격했던 녀석이 아니라는 걸 알았으니 다행이라면 다행일까. 마침 낯선 얼굴이 시야의 가장자리에 슬쩍 걸쳐졌다. 나는 눈알을 최대한 돌려 상대를 올려다보았다.

눈썹을 살짝 덮는 길이의 어두운 색의 직모. 쌍꺼풀이 짙게 진 커다란 눈과 도톰한 콧날. 장난꾸러기처럼 끝이 살짝 올라간 입술을 한 채 나를 내려다보고 있는 상대는 정말로 평범한 인간의 모습 그 자체였다. 심지어 짙은 분홍기가 도는 피부에 살짝 뿌려진 주근깨로 보아 야외 활동을 많이 하는 사람으로 추정되었다.

나는 괜히 반가운 마음에 헤실헤실 웃음을 지었다. 상대는 그런 내 얼굴을 내려다보며 고개를 갸우뚱하더니 시야에서 사라졌다. 그리고 잠시 후, 손에 날카로워 보이는 물체를 들고 다시 모습을 드러냈다.

"정말 메모리 데이터만 손상된 거 맞아?"

상대는 그렇게 말하며 들고 있던 그 날카로운 물체로 내 이

마를 쿡 내리 찔렀다. 나는 너무 놀란 나머지 소리를 지르는 것조차 잊고 말았다. 아까 본 새하얀 사이코패스 마네킹에 비하면 분명 평범한 사람처럼 보이는데, 어째서 이런 잔인한 짓을 아무렇지 않게 하는 거지? 상대는 평온한 표정으로 내 이마를 깊게 긋고는 그 라인을 따라 피부 가죽을 한 꺼풀 벗겨냈다.

"아악!! 으아아악!!"

한 박자 늦게 비명이 터져 나왔다. 내가 갑자기 소리를 질러서인지 그때까지 계속 무표정이던 상대가 움찔하며 손을 멈췄다. 상대는 미간을 찌푸린 채 거미를 향해 불만스러운 목소리로 물었다.

"이거 정말 메모리 데이터만 손상된 거 맞아? 어딘가 더 고장 난 게 아니고서야 이렇게까지 이유 없이 소리를 질러댈 수가 있나. 어휴, 얘 좀 부담스럽네."

이유 없이 소리를 질러댄다니 그게 대체 무슨 소리야! 당신이 지금 내 머리 가죽을 벗기고 있는데! 나는 그 모든 공포와 분노의 감정을 담아서 꽥꽥 소리를 질렀다. 상대는 고개를 절레절레 젓더니 날카로운 물체를 내 머리에 댄 채 망치 같은 것으로 두드리기 시작했다. 머리가 꽝꽝 울리더니 뽀각 하고 두개골이 쪼개지는 소리가 들려왔다.

으아악! 이 세계에 사는 놈들은 다 악마냐! 왜 이놈이고 저놈이고 사람 머리를 못 뜯어서 안달인 거냐고! 이렇게 두개골을 열어놓고는 남의 뇌를 멋대로 만져대니까 자꾸 덜그럭덜그럭 하는 소리가 나잖….

아니, 잠깐.

덜그럭덜그럭?

말도 안 되는 소리를 듣게 된 나는 비명을 뚝 그쳤다. 그러고 보니 산 채로 머리가 깨졌는데 통증도 없었다. 나는 멀뚱한 얼굴로 눈을 껌뻑이며 상대를 올려다보았다. 상대는 뭔가를 찾는 듯 눈을 가늘게 뜨고 내 머릿속을 들여다보고 있었다.

"파란 피 타입들은 원래 이렇게 요란해? 파란 피 타입은 처음 열어봐서 당황했어. 근데 이 녀석 메모리 데이터는 확실히 이상 하긴 하다. 손상된 건 아니고 몇몇 부분이 아예 비어 있어. 누가 뺀 건가? 아니면 처음부터 누락된 건가? 어딘가 백업본이 있다 면 복구는 가능하겠어. 어쨌거나 제조 번호는…, 여기 있다."

혼잣말처럼 한동안 중얼거리던 상대는, 쪼개놓은 내 머리통 속에 빨간 레이저를 쏘았다. 그러자 조금 떨어진 곳에 있던 거 미에게서 딩동댕 하는 경쾌한 소리가 났다.

『제조 번호 확인 완료되었습니다. 파란 피 타입, 4세대, 일련 번호 1101. 이 안드로이드는 가브리엘 프로젝트 종결로 인한 폐기 더미 재활용 분리 작업 중 발견되었습니다. 소프트웨어의 바이러스 감염을 확인합니다. 감염 부위 없음. 하드웨어의 오염을 확인합니다. 위험성 낮음. 장치 기동 정지 해제가 완료되었습니다. BBCT-4-#1101, 기동 확인 후 프로세스 종료 승인을 부탁드립니다.』

무슨 뜻인지 모를 이야기를 한참 쏟아낸 거미는 침묵 모드에 들어갔다. 대충 알아들은 것이라고는 내가 폐기 더미 사이에서 발견되었다는 사실 정도? 멍청한 얼굴로 가만히 누워 있었더니 옆에 서 있던―내 머리통을 쪼갰던 바로 그 악마―녀석이 팔을 툭툭 치며 말했다.

"BBCT-4-#1101, 기동 확인 해달라잖아."

"뭐? 그건 어떻게 하는 건데?"

"몸 한번 움직여보라고."

손발에 감각이 돌아왔다는 느낌이 전혀 없는데 대체 어떻게 움직이라는 건지. 나는 조금 짜증스럽게 온 힘을 다해 몸을 일으켰다. 용수철처럼 벌떡 몸이 세워지는 바람에 깔고 앉은 침대가 덜컥댔다. 동시에 눈앞으로 파란 물줄기가 후두둑 떨어져 내렸다.

나는 어안이 벙벙해져서 이마 앞쪽으로 흘러내리는 파란 물줄기를 손으로 닦아 자세히 살펴보았다. 지금 이게 내 머리에서 흘러나오는 건가? 푸른 액체가 묻은 손바닥과 손등을 살펴보던 나는 무릎을 끌어당겨 앉아 발가락도 움찔거려보았다. 모두 내가 움직이고자 하는 대로 움직였다. 그럼에도 위화감이 온몸을 감쌌다. 분명 내 몸이지만, 이건 내 몸이 아니다.

그때, 악마 녀석이 황급히 다가와 내 이마에 천을 갖다 댔다.

"너 진짜 메모리 데이터만 이상한 거 맞아? 아직 봉합을 안 했는데 그렇게 벌떡 일어나니까 완충수가 다 쏟아지잖아. 내가 마무리해줄 테니까 프로세스 종료 승인이나 해. 쟤도 일하러 가야 하는데, 계속 여기 잡아두면 되겠어?"

악마 녀석이 턱 끝으로 가리킨 곳에는 예의 그 금속 거미가 미동도 없이 대기하고 있었다. 그런데 이곳 녀석들은 어쩜 이렇게까지 불친절한지 모르겠다. 지금 상황이 어떻게 돌아가는 건지 전혀 이해하지 못한 사람한테 왜 이렇게 시키는 게 많은 거야!

"대체 어떻게 하는 건데? 그 프로세스 종료 승인이란 거!"

짜증스럽게 외친 내 말이 채 끝나기 전에 거미의 목소리가 들려왔다.

『프로세스 종료 승인이라고 말씀해주셨습니다. 그럼 프로세스를 종료합니다. 업그레이드가 필요할 때는 안드로이드 업사이클링 센터 24호점, 안드로이드 업사이클링 센터 24호점을 찾아주세요. 지금까지 왕거미 91호였습니다. 감사합니다.』

거미는 흥겨운 음악을 내뿜으며 타닥, 타닥 유유히 물러났다.

왕거미 91호라니. 게다가 저 만화 주제가 같은 유치한 음악은 대체 왜 흩뿌리면서 가는 건데? 나는 어이가 없어서 헛웃음이 났다. 마침 달그락거리며 양손 가득 챙겨 온 것을 침대 머리맡에 내려놓은 악마 녀석이, 내 얼굴을 보고는 타이르듯 말했다.

"너무 뭐라고 하지 마. 가끔 이해가 안 가는 프로세스를 진행할 때도 있지만, 버그 킬러 매뉴얼에 따라 열심히 일하는 애들이야. 가게 홍보도 저렇게 열심히 하고. 귀엽지 않니?"

나는 다시 침대에 누웠다. 잠시 후, 이마 위에서 작은 달깍 소리가 세 번, 조금 둔탁한 딜컥 소리가 한 번 났다. 아무래도 열려 있던 두개골을 다시 닫은 모양이다. 나는 시큰둥하게 중얼거렸다.

"버그 킬러? 엄청 직관적이긴 하네. 거미라서 이름이 버그 킬러인가?"

악마 녀석이 고개를 끄덕였다.

"그런 셈이지. 어쨌든 쟤들이 열심히 일해준 덕분에 이 세계가 바이러스로부터 안전해졌잖아. 인간 세상에서 온 것들 사이에는 알 수 없는 게 많이 묻어 있으니까."

"뭐? 인간 세상?!"

반가우면서도 낯선 조화를 이룬 단어에 번쩍 정신이 들었다. 악마 녀석은 살짝 비뚤어진 내 머리를 원래 위치로 돌려놓고는 손가락을 튕겨 내 코를 툭 쳤다.

"아직 다 안 붙었으니까 움직이지 좀 마. 너 때문에 더 오래 걸리잖아."

"치잇, 알았어…."

나는 조금 기가 죽은 채 입을 다물었다. 악마 녀석은 다음 작업을 준비하는 듯 보였다. 스프레이 통 같은 것을 흔드는 모습을 빤히 바라보던 나는 생각지 못한 것을 발견하고 눈이 동그랗게 뜨였다. 그러니까 녀석의 팔꿈치 아래쪽 부근, 떨어져나간 살갗 틈새로 금속 척골이 훤히 들여다보였다. 나는 녀석의 금속 뼈와 얼굴을 번갈아 바라보았다. 이 녀석도 기계였을 줄이야. 새하얀 마네킹과는 다르게 외형도, 차림새도, 진짜 사람이라고 생각했는데.

"너도…. 로봇이야?"

조심스러운 물음에 녀석이 코웃음 치듯 되물었다.

"그럼 넌 인간이라도 돼?"

"응."

나의 대답에 녀석이 풉 하고 웃음을 터트렸다. 녀석은 무한대 기호 모양으로 머리를 빙글빙글 젓더니 천덕꾸러기를 바라보는 눈으로 나를 쳐다보았다.

"희한하네. 인간과 함께 오래 산 안드로이드가 인간에 동화

되는 경향이 있다고는 하지만, 너는 프로젝트 종료로 인해 폐기되었다고 들었는데…. 하긴, 파란 피 타입은 최신형이니까 뭔가 좀 다를 수도 있겠다. 새로운 개그 코드라던가. 으음, 좋아. 접수됐어."

이마 위에 뭔가 물컹한 것이 닿더니 치이익 소리가 났다. 아마도 악마 녀석이 진행하고 있는 봉합 작업의 일부로 추정된다. 이마에서 타는 소리가 나는 건 기분이 좀 께름칙하지만, 아프지는 않으니까 이대로 맡겨놔도 괜찮겠지? 나는 잘근거리며 깨물던 입술을 풀고 악마 녀석을 향해 물었다.

"야, 저기. 이것저것 좀 물어봐도 되냐?"

"그래. 아는 만큼은 답해줄게."

나는 질문할 내용의 리스트를 머릿속으로 쭉 뽑아보았다. 어느 정도 모인 데이터 중에서 1번에 위치한 질문을 입 밖으로 내려다가 잠시 멈칫. 생각해보니 대화를 이어가기 위해 선행되어야 할, 가장 중요한 첫 번째 질문을 깜빡할 뻔했다.

"저기, 너, 이름이 뭐야?"

내 물음에 녀석은 잠시 손을 멈췄다. 그리고 그 커다랗고 둥근 눈으로 내 얼굴을 빤히 들여다보았다. 제법 귀염상이긴 한데 남자애인지 여자애인지 잘 구분이 되지 않았다. 하긴, 로봇에 그런 구분이 의미가 있나 싶지만.

녀석은 약간의 시간 차를 두고 다시 내 이마 쪽으로 시선을 옮기며 답했다.

"달."

"달? 이름이 달이야?"

"응."

"밤하늘에 떠 있는 달, 할 때 달?"

"그래."

의외라면 의외였다. ENSK-4-#0218호 같은 대답을 들을 줄 알았는데.

"왠지 나랑 이름이 많이 다르네? 내 이름은 BB 뭐 어쩌구 저쩌구 라더니."

내가 투덜거리자, 녀석—아니 호칭 변경—달은 피식 웃음을 지었다.

"그건 이름이 아니라 제조 번호잖아. 나도 인간에 의해 만들어졌을 때 생긴 제조 번호가 있고, 이 세상에서 새로이 부여받은 등록 번호도 있어. 보통 그것만으로도 생활은 충분하니까, 이렇게 이름을 묻는 경우는 많지 않아서 조금 놀랐어."

예상치 못한 대답이었다. 그 대답의 여파 때문인지 머릿속에 길게 줄지어 있던 질문 리스트가 순식간에 전부 삭제되었다. 나는 갑자기 달에게 호기심이 생겼다.

"오, 이름 되게 예쁜데? 직접 지은 거야?"

"그럴 리가. 박사님…. 그러니까 주인님이 붙여준 거야."

"주인님? 넌 주인님이랑 같이 살아?"

"예전에는. 지금은 아니야."

그럼 지금 주인님은 어디 있는데? 라고 물으려던 나는 급히 입을 다물었다.

아까 달이 했던 말을 통해 유추해보자면 인간 세상과 이 세상은 분리되어 있는 모양이다. 그렇다면 달은 인간 세상에서 인간과 함께 살다가 모종의 이유로 이곳에 버려진 것일지도 모른다.

그런 생각을 하고 보니 달의 커다란 눈이 조금 슬퍼 보였다. 물론 내 기분 탓일 수도 있지만. 어쨌거나 달의 주인이었던 사람은 달이 지겨워져서 버린 걸까? 더 좋은 최신형 로봇을 사고 싶어서? 쳇, 나쁜 주인 같으니. 그럴 거면 차라리 나처럼 출고조차 되지 못하고 폐기된 편이 나을지도 모른다.

아, 물론 말이 그렇다는 거고, 내가 로봇이라고 스스로 인정한 것은 아니다. 비록 내 몸은 현재 이런 상태지만, 나는 분명 인간이 맞다. 그러니까, 내가 왜 이런 몸을 하고 있는지부터 일단 알아내야만 한다.

"다 됐어."

혼자 이런저런 생각을 하고 있는 사이 처치가 끝난 모양이다.

달은 내게서 돌아서서 테이블을 정리했다. 몇몇 물품은 본인의 것인지 가방에 챙겨 넣는 모습도 보였다. 나는 머쓱하게 자리에서 일어나 앉았다. 이마를 만져보니 살짝 울퉁불퉁한 감촉이 느껴졌지만, 찢겼던 부분은 확실하게 밀봉되어 있었다.

"흉터는 금방 사라질 거야. 너는 최신형이니까 더 빠를 거고."

"이 울퉁불퉁한 게 다 사라진다고?"

"응. 낫는 동안 울퉁불퉁한 게 보기 싫으면 이걸 써."

달은 내 머리 위에 무언가 뒤집어 씌웠다. 손으로 대충 더듬어보니 눈썹까지 푹 내리덮는 벙거지 같았다. 그 사이 개미처럼 부지런히 실내를 왔다 갔다 하던 달은 모든 짐을 다 챙겼는지 어느새 배낭을 둘러메고 있었다.

"그런데 넌 명령어가 뭐야? 네 명령어 수행에 적합한 위치를 알려줄게."

"명령어? 그게 뭔데?"

돌아보는 달의 표정을 보니 내가 또 멍청한 질문을 한 모양이다. 달은 이것을 어떻게 설명해야 하나 조금 난처한 얼굴로 머리를 긁적였다.

"그러니까…. 그거 있잖아, 꼭 해야 되는 거. 안드로이드한테 주어진 사명, 같은 거?"

"안드로이드한테 주어진 사명? 나한테는 그런 거 없어. 말했잖아, 난 그냥 평범한 인간이라니까."

"아…. 아하하…."

달은 바람 빠지는 소리가 나는 듯한 웃음을 억지로 꾸며내며 말했다.

"이런. 아까 이 코드를 입력은 해놨는데, 아직 개그에 적응하지 못해서 타이밍 맞게 웃질 못했어. 미안. 그런데 명령어를 모른다면 내가 더 도와줄 수 있는 건 없어. 나도 내 할 일이 있는데, 더 시간 끌기도 그렇고. 이번 일은 좀 촉박하거든."

문 쪽을 힐끔 쳐다보는 모양새로 보아 아무래도 달은 정말로 나를 이곳에 두고 홀로 떠날 작정인 듯했다. 나는 정신이 까마득해지는 기분이 들었다. 지금까지 만난 로봇들 중 유일하게 대화가 통하는 상대를 이렇게 쉽게 보내도 괜찮은 걸까? 원래의 기억은 몽땅 사라졌고, 이 세상에 대해 아는 것이라고는 전무하다시피 한데. 내가 도움을 요청할 수 있는 존재는 역시 달밖에 없다는 결론에 다다랐다.

"잠깐만!"

"할 말이 더 남았어?"

"그래! 너는 내 대리인이잖아! 나 혼자 이렇게 두고 가는 건 계약 위반 아니야?"

내 말에 달은 고개를 갸우뚱했다.

"아닌데."

"아니라니? 그 임시 대리인인가 뭔가 라면서 아까 내 머리도 쪼갰잖아! 난 그런 거 허락한 적 없는데! 그거 위약금 청구할 거야!"

나는 팔짱을 끼며 기세등등하게 말했다. 어차피 이 세계의 시스템 같은 건 잘 모른다. 그저 달이 위약금을 어떻게 주면 좋겠냐고 묻는다면, 내가 기억을 찾을 수 있도록 곁에서 도와달라고 대답할 속셈이었다. 그런데 어째 분위기가 이상했다. 달은 미간을 살짝 찌푸리며 대꾸했다.

"무슨 소리야? 나는 너의 대리인이 아니라, 이 센터의 대리인으로 할 일을 한 거야."

"에엥?"

이건 또 무슨 소리람? 어처구니가 없어 턱이 빠질 지경인 내 얼굴을 본 달이 한숨을 푹 내쉬었다. '하긴 메모리 데이터에 문제가 있으니 어쩔 수 없지' 라고 중얼거린 달은, 이내 나를 똑바로 쳐다보며 설명을 시작했다.

"센터의 직원들은 치료나 업그레이드가 목적일 때를 제외하고는 자아가 남아 있는 안드로이드의 몸에 상해를 입힐 수 없어. 그래서 머리를 열어 제조 번호를 확인하려면 허가된 레벨의 신뢰할 수 있는 안드로이드의 대리 집행이 필요해. 마침 그게 나였던 거고. 그러니까 너랑 나 사이에 어떤 계약 같은 건 전혀 없어."

"아…."

말문이 막혔다.

"그럼 이만 가볼게. 내가 정말 바쁘거든. 행운을 빌어."

달은 그렇게 말하고는 배낭을 둘러메고 유유히 문 밖으로 나섰다. 나는 가슴이 철렁했다. 안 돼. 절대 이대로 보내면 안 돼. 어떻게든 달을 잡아야만 했다. 잡을 수 없다면 다른 방법이라도 써야 했다. 다급해진 나는 달을 따라 방에서 뛰쳐나가며 외쳤다.

"내가 네 조수가 될게!"

걸음을 멈춘 달이 의아한 얼굴로 뒤를 돌아보았다. 그리고 담백하게 물었다.

"왜?"

나는 머릿속에 마구잡이로 떠오르는 말들을 되는 대로 뭉쳐서 내뱉었다.

"왜냐하면…. 왜냐하면…. 네가 명령어를 수행하는 걸 돕는 것이 내 명령어니까! 그러니까 내가 내 명령어를 수행하려면 너를 따라가야만 해! 그게 내 사명이라고 지금 정했거든? 대충 무슨 말인지 알아들었지? 그러니까 나도 같이 데려가줘!"

쟁반같이 둥근 눈으로 나를 바라보는 달.

그 오묘한 표정에서 마치 은은한 광채가 비치는 것만 같았다.

�֍

어두운 밤에 더욱 번쩍이는 거대한 고층 빌딩. 그 너머 푸른 보름달이 걸린 거대한 연구소의 첨탑. 마천루 사이를 날아다니는 타원형의 매끈한 비행체들과 각종 홀로그램으로 가득한 거리의 호객 행위 사이에서 테크 웨어를 입고 충전소를 찾는 로봇들….

그것이 바로 내가 생각하던 로봇들이 사는 세상이었다. 그런데 지금 내 눈앞에 펼쳐진 광경은, 그 상상 속의 미래 세상과는 상당히 거리가 있어 보였다.

"왜 그렇게 정신이 나가 있어? 나 바쁘다니까."

앞서 걷던 달이 돌아보며 말했다. 앙상한 겨울나무와 망가진 시설물들 사이에 시들어 있는 잡초들을 멍청하게 바라보고 있던 나는 퍼뜩 정신을 차리고 달의 뒤를 종종걸음으로 쫓았다. 무성한 마른 수풀 속. 따로 길이 만들어져 있는 것은 아니었지만, 사람들, 아니, 로봇들이 많이 오갔던 것으로 추정되는 쪽은 풀들이 눈과 함께 밟혀 있어서 마치 길처럼 보였다.

"앗!"

3.9미터 정도 앞서 걷던 달이 갑자기 풀썩 넘어졌다. 반대편에서 걸어오던 덩치 큰 녀석이 일부러 달의 어깨에 부딪친 것이다. 녀석은 곁눈으로 달을 한번 흘겨보고는 비웃듯이 말했다.

"오…. 그 유명한 절름발이님을 여기서 만나네?"

나는 두 눈을 껌뻑이며 가만히 상황을 지켜보았다. 아무래도 달은 이곳에서 유명 인사인 모양이다. 달이 몸을 툭툭 털며 자리에서 일어서자, 덩치 큰 녀석은 달에게 성큼 다가와 위협적인 제스처를 취하며 시비조로 말했다.

"이 걸레짝 같은 구형 바디를 아직도 쓰고 있나?"

"비켜. 나 바빠."

"싫은데? 난 니 꼬라지만 보면 곰팡이 침습 때 생각나서 존나 열 받는 안드로이드거든. 센터에 들어오는 부품 낭비 작작하고, 대가리부터 발끝까지 새 걸로 싹 갈아, 이 새끼야."

"비켜. 나 바쁘다니까."

"와, 이게 진짜! 이왕 이렇게 된 거 통째로 갈 수밖에 없도록 만들어줘?"

덩치 큰 녀석이 달을 향해 큼직한 주먹을 들어 올렸을 때, 당황한 나는 나도 모르게 '야!' 하고 버럭 소리를 지르고 말았다. 물론 그 직후, 덩치 녀석과 정통으로 눈이 마주쳐 조금 후회하기는 했지만. 그래도 이런 위험한 상황에 몸이 불편한 달을 혼자 두고 물러설 수는 없었다. 나는 여차하면 달을 둘러메고 줄행랑을 칠 계획을 세우며 달의 곁으로 천천히 다가갔다. 그 와중에 그냥 가면 좀 없어 보일 것 같아서, 일부러 어깨를 크게 펴고 성큼성큼 당당하게 걸었다.

"지, 지금 뭐 하자는 거야? 너 깡패야?"

나는 무조건 기선을 제압한다는 마음가짐으로 두 눈을 부릅뜨고 목소리를 높였다. 그런데 생각해보니 상대는 로봇 아닌가. 이런 근본 없는 깡다구는 인간 세상에서나 먹히는 건데. 내 허접한 전투력을 분석 당한 후에는 이딴 허세 따위 전혀 먹혀들지 않겠지. 나는 최대한 효율적으로 도망칠 수 있는 루트를 눈으로 훑어 재빠르게 시간을 계산한 다음, 녀석과 달 사이를 가로막고 섰다.

그런데 의외로 내 허세가 먹힌 것인지 덩치 큰 녀석이 움찔하는 것이다. 나는 녀석의 얼굴을 자세히 보기 위해 얼굴을 앞으로 슬쩍 내밀었다. 덩치 녀석은 깜짝 놀라 한 발 뒤로 물러서며 한층 누그러진 목소리로 말했다.

"혹시…. 파란 피 타입?"

"그래, 어, 어쩔래."

"몇 세대세요?"

"어? 어, 그러니까… 4세대?"

"아…. 아아…. 어쩐지! 우와아, 진짜 인간 같다!"

녀석은 커다란 두 손으로 입을 가린 채 나를 빤히 바라보았다. 마치 슈퍼스타를 본 팬 같은 얼굴을 하고 있다고나 할까? 내가 보기에는 허여멀겋고 민둥민둥한 내 신체보다는 달이나 이 덩치 녀석이 훨씬 더 인간 같다고 생각했는데. 로봇들이 인간과 안드로이드를 구별하는 방법은 내가 생각하는 것과 기준이 조금 다른 모양이다.

"와, 전설의 파란 피 타입 4세대! 진짜 있었어. 소문으로만 들었는데!"

"뭐, 그래서, 뭐, 뭐, 어쩔 건데! 나한테도 덤, 덤비려고?"

"아, 아뇨, 아뇨, 아뇨!"

덩치 녀석은 언제 그랬냐는 듯 손사래를 치더니 이내 공손한 자세로 말했다.

"파란 피 타입 4세대님이 제 주인님이랑 비슷해서 깜짝 놀랐어요."

"엥? 내가 니 주인이랑 비슷해?"

"네. 진짜 비슷해요. 우와. 이거는 어떻게 흉내를 낼 수가 없는 건데요. 근육 움직이는 거랑 눈빛 자체가 일반 안드로이드랑은 달라요. 어우, 엔진 떨려."

덩치 녀석은 가슴께에 손을 얹고, 약간의 경계심과 경외감이 섞인 태도로 나를 바라보고 있었다. 앞으로 이 덩치 녀석에게 물리적으로 공격당할 가능성은 한없이 제로에 수렴할 것으로 추정되었다. 나는 긴장이 풀려 길게 숨을 내쉬었다. 안전이 확보되었으니, 이제 다음 단계로 넘어가야만 했다.

나는 내 뒤에 서 있던 달을 가리키며 말했다.

"그럼, 너, 달에게 사과해."

"예?"

"누가 약해 보이는 안드로이드한테 시비 걸고 다니래. 너네 주인이 그렇게 가르쳤어? 구강신약이야?"

"구강신약? 그게 뭔가요?"

"구형 안드로이드에게는 강하고, 신형 안드로이드에게 약하다. 몰라? 됐고. 너 안드로이드로서 그렇게 사는 거 아니야. 사과해, 빨리. 여기서 무릎 꿇고."

내가 그 말을 하는 순간, 덩치 녀석의 얼굴은 형용할 수 없는 충격으로 물들었다. 덩치 녀석은 풀 죽은 얼굴로 무릎을 꿇으며 중얼거렸다.

"무릎 꿇으라는 말 얼마 만에 듣는 거야… 진짜 주인님이 자주 쓰던 말인데… 어쨌든 미안합니다."

"뭐가 미안한지 똑바로 말해야지."

"일부러 부딪치고, 비하하는 말을 하고, 위협을 해서 미안합니다."

나는 고개를 끄덕이며 달이 있는 뒤쪽을 쳐다보았다. 달은 떨떠름한 표정을 짓고 있었지만 이내 나를 따라 작게 고개를 끄덕였다. 오케이. 달도 덩치 녀석의 사과를 받아들였으니, 이제 함께 이곳을 떠나기만 하면 된다.

덩치 녀석과 결별한 후, 달은 한동안 말없이 걷기만 했다.

하긴, 커다란 덩치에게 위협을 당한 일이 있으니 의기소침해질 만도 했다. 그래서 나도 일부러 달에게 말을 걸지 않았다. 그런데 얼마를 더 걷던 달이 갑자기 뒤를 돌아보며 뜬금없는 이야기를 꺼내는 것이었다.

"근데 아직까지도 이해하지 못한 게 있어."

"뭔데?"

"아까 말이야. 왜 그 녀석한테 사과하라고 시킨 거야?"

생각지 못한 질문이었다. 정말 영문을 모르겠다는 듯 달의 눈과 입은 동시에 동그래져 있었다. 나는 관자놀이를 긁적이며 대답했다.

"자기보다 약한 녀석을 괴롭혔으니까. 당연히 사과해야지."

"그럼 나도 사과해야 되나?"

"왜? 너도 누굴 괴롭힌 적이 있어?"

나의 물음에 달은 기억을 되짚는 듯 생각에 잠겼다.

"괴롭혔다기보단…. 예전에 명령어 수행하는데 자꾸 성가시게 굴어서, 그 녀석의 팔다리를 잠깐 분해해놨던 적이 있거든."

순해 보이는 얼굴로 엄청난 얘기를 하는 달.

"뭐라고? 그니까, 아까 시비 걸던 개? 개의 팔다리를 분해했었다고?"

"응."

뒤통수를 얻어맞은 기분이었다. 그 순간, 아무렇지 않은 얼굴로 망설임 없이 내 이마에 정을 내리치던 달의 평온한 모습이 떠올랐고, 나는 갑자기 목이 타들어가는 듯한 갈증을 느꼈다.

"크, 크흠…. 너…. 보기보다 훨씬 터프하구나? 그래서 그 다음은 어떻게 됐는데?"

달이 덤덤한 말투로 대답했다.

"타이밍이 좀 안 좋았지. 그즈음 인간 세상에서 들어온 신종 곰팡이가 급속도로 창궐하는 바람에 완전 난리가 났었거든. 그런데 그 녀석은 팔다리가 분해된 상태라 균을 피해 숨거나 조기에 치료를 받으러 가지 못했던 것 같아. 내가 돌아왔을 때 녀석의 피부는 이미 다 썩어 있었어. 원래대로 되돌려놓을 방법은 없었고."

달은 그렇게 말하며 자신의 팔을 내려다보았다. 금속 뼈대가 일부 드러나 있는 달의 팔. 어쩌면 그 부분이 곰팡이 침습 때 병환을 앓았던 흔적일지도 모르겠다. 하지만 아까 그 덩치 녀석은 분명 피부가 멀쩡했는데? 나는 조금 의아한 생각이 들어서 다시 달에게 물었다.

"그러면 업사이클링 센터에서 새 피부를 이식받으면 되지 않아? 아까 그 녀석도 예전 피부는 다 썩었다며. 지금은 새 피부로 살고 있는 것 아니야?"

"맞아. 그런데 좀 문제가 있어. 이 소재의 피부는 이제 더 이상 생산되지 않아. 그런데 신종 피부 소재는 구형 안드로이드 몸에 호환되지가 않고. 다시 말해서 새 피부를 갖기 위해서는 기존의 몸을 버리고 완전한 새 몸으로 갈아타야 한다는 거야."

"그럼 아까 그 덩치 녀석은 신형 몸이 된 거네? 좋은 거 아냐? 더 튼튼할 거고."

그러나 달은 나의 말에 조금 난처한 반응을 보였다.

"하지만… 백업 메모리를 제외한 모든 부분이 원래의 내가 아니게 되잖아. 심지어 그 백업 메모리가 들어 있던 원본 하드웨어도 버려지고, 새 몸에 맞게 변환된 데이터만 저장되는 거니까."

"그야… 그렇지."

"나의 일부가 전혀 남아 있지 않은 나도 여전히 나라고 할 수 있어? 인간인 주인님도 그런 나를 예전의 나와 같다고 인정해주실까? 너 같은 최신형들은 어떻게 생각하도록 프로그램되었는지 모르겠는데, 구형인 우리한테는 꽤나 어려운 문제거든.”

달의 진지한 대답에 나는 잠시 말을 잃었다.

그저 막연히 매우 높은 인공 지능을 가진 로봇일 거라고 생각했는데, 이 정도로 깊은 사고와 관념적 고민을 지닌 존재를 단순히 기계라고 치부해도 괜찮은 건지 알 수 없었다. 나는 조금 혼란스러웠다.

“하지만 너희의 주인은⋯.”

너희를 이곳에 버렸잖아. 그러니까 그 사람의 인정 같은 건 생각 안 해도 돼.

─라는 말을, 이런 지성체에게 쉽게 할 수는 없었다.

적어도 진짜 인간인 내가 함부로 그런 말을 해서는 안 된다고 생각한다.

“주인은 당연히 알아보지.”

“그걸 어떻게 확신해?”

“참 나. 너 인간에 대해서는 정말 잘 모르는구나? 인간은 말이야, 무한의 세기를 넘어서 환생의 환생을 거듭해도 자기 연인을 계속 알아보고 또 사랑한다고. 영혼에 새겨진 기억이란 건 그 정도라니까?”

나의 말에 달이 호기심이 가득한 얼굴로 물어왔다.

"진짜야? 정말로 인간이 환생을 해? 그렇게 증명이 됐어? 영혼이란 것도?"

"아니, 뭐…."

나는 조금 우물쭈물하다가 적당히 대답을 갈무리했다.

"과학적 증거 같은 게 있는 건 아닌데…. 그래도 인간 세상에서 이런 말이 유명한 이유가 다 있지 않겠어? 너의 외형이 변해도 다 알아보고 인정해줄 거야. 그러니까 너무 걱정하지 마."

"흐음. 넌 인간에 대해 아는 게 꽤 많구나?"

"내가 인간이니까 당연하지."

그 말이 끝나기 무섭게 달이 깔깔깔 소리를 내며 크게 웃었다. 내가 인간이라는 말을 하면 개그로 인식하는 코드를 짜 넣은 대로 아웃풋을 내놓는 것이겠지만, 어쩌면 정말로 즐거워서 웃는 것일지도 모르겠다는 생각이 들었다. 한참 만에 웃음을 멈춘 달이 환한 얼굴로 말했다.

"나중에 그 녀석한테도 말해줘야겠다. 파란 피 타입 4세대가 그러는데, 외형이 변해도 주인님은 널 알아보고 인정해줄 거니까 너무 상심하지 말라고."

아무래도 달은 덩치 녀석에게 저질렀던 일과 그 결과에 대해 죄의식 비슷한 것을 느끼고 있던 모양이다.

"그래. 잘 생각했어. 그리고 그 얘기 하는 김에 사과도 같이

해. 그 덩치가 뭘 얼마나 성가시게 굴었는지는 모르겠지만, 그렇다고 팔다리를 다 분해해놓다니. 네가 심했어."

"응. 그거 정말 미안하다고도 말할게."

나도 모르게 입가에 피식 웃음이 걸렸다. 앞서 걷기 시작한 달의 발걸음이 조금 가벼워진 듯 보이는 것 역시 내 기분 탓일까? 살짝 언덕진 곳을 잰걸음으로 오르던 달이 자리에 멈춰서 나를 돌아보며 말했다.

"이제부터는 저걸 타고 갈 거야. 먼 곳이라서, 시간을 맞추려면 좀 바쁘게 가야 해."

달이 손가락으로 가리킨 곳에는 오프로드 트럭이 한 대 놓여 있었다.

✖

"이 녀석들. 또 이렇게 모여들었네."

트럭의 짐칸에 새하얀 비둘기들이 옹기종기 모여 있었다. 짐칸에는 모서리가 둥근 직사각 형태의 세라믹 상자 수십 개와 반투명한 연료통 여섯 개, 그리고 묵직한 삼베 자루가 두 개 놓여 있었는데, 비둘기들은 다름 아닌 그 삼베 자루 안에 든 것을 노리고 있는 듯 보였다. 달이 짐칸으로 다가가 팔을 휘젓자 놀란 비둘기들이 푸드덕거리며 허공으로 날아올랐다. 짐칸 위쪽을 빙빙 돌며 우왕좌왕하던 비둘기들은 이내 우리가 걸어온 쪽으로 방향을 선회해 그대로 무리를 지어 날아갔다.

왠지 모르게 포근하고 정감이 가는 느낌이 들었다. 로봇이 아닌 진짜로 살아 있는 생명체의 무리를 보았기 때문이려나. 나는 괜히 흐뭇한 마음이 들어서 약간 들뜬 시선으로 녀석들의 비행 궤적을 쫓았다.

"어? 저건?"

비둘기들이 향한 곳은 방금 전까지 우리가 있었던 업사이클링 센터 24호점 건물이었다. 나는 비둘기들이 그 거대한 건물 외벽을 장식하고 있는 어떤 오브제 위에 올라앉는 것을 보고 탄식했다. 위쪽 세 개, 아래쪽 두 개의 고리가 서로서로 가지런히 얽혀 있는 낡은 심벌. 색은 이미 바래 전부 사라졌지만, 대부분의 인간들이 알고 있는 그 유명한 형상은 내 기억에 남아 있었다.

"내가 버려졌던 곳이…, 올림픽 경기장이었어…?"

경기장 콘크리트 외벽에는 세월의 풍파가 고스란히 새겨져 있었다. 골조가 드러난 일부 구역에는 임시 발 받침대와 펜스가 둘러쳐져 있었고, 간혹 그 무너진 부분을 통해 직원 거미가 지나다니는 내부의 모습이 슬쩍슬쩍 들여다보이기도 했다.

대체 어떻게 된 거지.

혹시 이곳은 n차 세계 대전 후의 포스트 아포칼립스 세계인 것일까?

"뭐 해? 안 가?"

뒤쪽에서 달이 부르는 소리가 들려왔다. 나는 복잡한 마음으로 올림픽 경기장, 아니 업사이클링 센터 24호점으로부터 고개를 돌렸다. 달이 올라타 앉아 있는 트럭의 앞쪽에서 넓적한 형태의 빛이 길게 뿜어져 나오는 걸로 보아 시동은 이미 걸린 상태인 것 같았다. 달은 트럭의 문을 열더니 빈자리를 탕탕 두드리며 내게 고갯짓을 했다.

"타. 성채 마을까지 가는 데 한 달 정도 걸릴 거야. 연료는 짐칸의 통에 들어 있으니까 필요할 때 호스로 적당히 뽑아서 마시면 돼."

"연료? 기름?"

"어이쿠, 큰일 날 소리를 하네? 물 말이야, 물."

당혹스러운 표정으로 대답하는 달을 보며, 나는 그제야 이곳의 안드로이드들이 물로 작동한다는 사실을 깨닫게 되었다. 그러고 보니 아까부터 계속 입이 말랐는데. 단순히 기분의 문제가 아니었을 수도 있겠단 생각이 들었다.

"지금 물 좀 마셔도 돼?"

"물론이지. 트럭 뒤쪽에서 짐칸을 바라봤을 때 오른쪽 통에 있는 걸로 마셔."

나는 트럭의 뒤쪽으로 이동해 오른쪽에 놓인 연료통에 펌프를 꽂고 손잡이를 꾹꾹 눌러 물을 뽑아냈다. 몸을 숙여 호스 끝에 입을 대고, 통 안쪽에서부터 솟아 나오는 물을 받아 마시다 보니 갑자기 머리가 맑아지고 시야가 선명해지는 것이 느껴졌다. 먼지가 살짝 끼어 있던 안경을 깨끗이 닦아낸 것 같다고나 할까. 몸에 기력도 돌고 복잡했던 머릿속도 빠르게 착착 정리되기 시작했다.

물을 다 마신 나는 달을 향해 물었다.

"왼쪽 통과 오른쪽 통, 내용물에 차이가 있어?"

"응. 물에 섞여 있는 플루토늄 동위원소의 종류와 농도가 달라. 왼쪽에 있는 물은 자동차 전용이라 안드로이드가 마시면 엔진에 과부하가 올 수도 있으니 주의해."

달의 대답을 들은 나는 또다시 혼란스러워졌다.

적어도 내가 아는 상식선에서 물은 기계가 아닌 생명체들에게 필수 요소였다. 그리고 인류는 수소 연료를 사용한 자동차를 이용했고, 거기에서 물은 화학 작용의 결과물로서 배출되었다. 그런데 이곳에서는 물이 연료 자체로 사용되고 있다니.

그리고 그 물에…. 뭐가 섞여 있다고 했지?

"잠깐. 플루토늄이라고?"

"응."

"그럼… 먹으면 죽는 거잖아?"

울먹이며 되묻는 나를 향해 돌아온 것은 어이없어하는 달의 목소리였다.

"너 왜 또 이상한 소릴 하는 거야, 꼭 고장 난 것처럼. 혹시 메모리 데이터에서 연료 관련 내용이 깨져 있어? 그래서 아까도 연료로 기름을 먹겠다고 한 거야?"

나는 잠시 마음을 가라앉히고 생각에 잠겼다.

아까 물을 받아 마신 직후, 온몸에 활력이 도는 것을 분명하게 느낄 수 있었다. 시야는 디지털적으로 치환해서 표현할 수 있을 정도로 선명해졌고, 뇌의 연산 역시 효율이 좋아졌다. 보통 인간이라면 물 조금 마셨다고 힘이 퐁퐁 샘솟는다거나, 눈이 잘 보인다거나, 머리가 팽팽 돌아간다거나 하진 않는다. 아무리 생각해봐도 나는 내게 맞는 연료를 제대로 섭취한 것이 분명했다. 문제가 있다면, 내 몸이 기계라는 것을 자꾸만 까먹는 정신머리겠지.

"으응. 네 말대로 데이터가 망가져서 잠깐 헷갈렸나 봐. 지금은 멀쩡해. 그건 그렇고, 나 옷 좀 빌려줄 수 있어? 아까부터 계속 알몸에 모자만 쓰고 있으니, 좀 그러네?"

나는 자연스럽게 다른 화제로 이야기를 전환했다. 트럭 앞쪽에서 달의 목소리가 들려왔다.

"옷? 주는 건 상관없는데 네 몸에 맞을 만한 게 있을지는 모르겠다. 짐칸에 있는 9-12번 상자 한번 뒤져볼래? 맞는 거 있으면 아무거나 입어. 없으면 나중에 아는 집에서 하나 구해볼게."

"아는 집?"

"응. 작은 곳이지만, 옷 한두 벌 정도는 구할 수 있을 거야."

달이 말한 9-12번 상자에는 옷과 가방을 포함해 여러 잡동사니들이 들어 있었다. 하지만 대부분의 옷들은 달의 슬림한 체구에 맞는 사이즈였기 때문에 내가 입기에는 조금 작아 보였다. 그나마 몸이라도 끼워볼 수 있는 것은 탄력 좋은 재질로 되어 있는 전신 슈트—기능적인 명칭으로—잠수복 정도일까.

나는 잠시 고민했다. 이 새까만 전신 쫄쫄이를 입고 다닐 것이냐, 지금처럼 알몸으로 돌아다닐 것이냐. 어차피 가려야 할 중요 부위도 없는 몸인데 그냥 다니는 것도 괜찮지 않을까 하는 생각이 잠깐 든 것도 사실이다. 그러나 내 머릿속에 남아 있는 최소한의 공중도덕이 지금 당장 이 알몸 행보를 끝낼 것을 거듭해서 요구하고 있었다. 그래. 아무리 몸이 기계로 되어 있다고는 해도 나는 분명 인간이니까.

잠수복을 걸쳐 입고 돌아와 좌석에 올라타는 나를 본 달이 깜짝 놀랐다.

"어? 어어?"

"놀리지 마. 입을 수 있는 게 이것밖에 없었으니까."

"아니, 그게 아니라. 네 눈의 홍채 색이 바뀌었어. 그런 기능도 있어?"

"내 눈 색이 바뀌었다고?"

"응. 아까까지는 붉은 루비색이었는데 지금은 푸른 사파이어 색이야."

나는 목을 창문 바깥으로 길게 빼고 사이드 미러를 들여다 보았다. 그러고 보니 내 얼굴을 직접 보는 것은 처음인데. 나는 금세 기분이 언짢아졌다. 거울에 비친 내 얼굴이 업사이클링 센터에서 몸싸움을 벌였던 그 녀석과 너무 비슷하게 생겼기 때문이었다. 나는 거울에 비친 새하얗고 낯선 얼굴을 매섭게 노려보았다.

어쨌거나 달이 말한 대로 지금 내 눈은 짙은 사파이어처럼 선명한 푸른색으로 빛나고 있었다. 원래는 루비색이었다고? 기억을 더듬어보니 나에게 덤벼들었던 그 새하얀 녀석은 주황색 눈을 하고 있었다. 그 녀석도 눈 색깔을 바꿨던 걸까. 아니면 상황에 따라 저절로 달라지는 걸까. 여러 가지로 곰곰이 생각을 해보았지만 그것까지 알아낼 방법은 없었다.

마침 트럭이 움직이기 시작했다. 울퉁불퉁한 길을 달리는 트럭은 상하좌우로 크게 흔들렸다. 나는 창문 위쪽에 붙어 있는 손잡이를 붙잡고 달에게 말했다.

"근데, 달아."

"왜?"

"안드로이드가 이렇게 사람처럼 돌아다니는 세상인데, 공중 부양 자동차 같은 멋진 건 없어?"

내 물음에 달의 눈이 반짝하고 빛났다.

"어? 공중 부양 자동차? 그거 상용화됐어? 그럼 이제 우리 같은 안드로이드도 탈 수 있는 거야? 하긴, 개발에 들어갔던 게 워낙 예전이긴 하지. 근데 난 여기서 돌아다닌 지 오래되어서 인간 세상의 실시간 정보는 잘 몰라. 네가 가끔 헛소리를 하긴 해도 최신형이긴 한가 봐. 나보다는 인간 세상 쪽 일은 잘 아네?"

달이 신이 난 듯 재잘거렸다. 달은 인간과 관련된 이야기가 나오면 유독 흥분하는 것처럼 보였다. 할 말이 없어진 나는 다른 이야기로 방향을 전환해보려 했다.

"아니, 상용화는 뭐…. 잘 모르겠는데…. 어쨌든 이건 좀 불편하긴 하잖아. 시트도 딱딱하니까 비포장길로 장거리 이동하다 보면 엉덩이도 아프고."

"뭐? 엉덩이가 아파? 최신형들은 인간처럼 통증도 느낄 수 있게 설계됐어?"

달과 대화를 나누면 나눌수록 내가 처해 있는 상황에 더욱 깊은 이질감이 들었다. 통증. 눈을 뜬 이후로 계속 느끼지 못하는 상태다. 오죽하면 산 채로 머리가 깨졌는데도 아프지 않았을까. 이제 내 몸이 기계라는 사실은 인정하고 싶지 않아도 인정할 수밖에 없는 진짜 현실이란 걸 안다. 하지만 여전히 내 정신은 이 세계가 아닌 어딘가에 멀리 동떨어져 있는 듯한 느낌이었다.

"아니, 실제로 아프진 않은데. 기분이 그렇다는 거야."

나는 달에게 대충 그렇게 둘러댔다. 달은 운전을 계속하며 고개를 끄덕였다.

"그거 이해해. 조금 다른 이야기일 수도 있지만, 안드로이드 중에도 가짜 통증을 느끼는 녀석들이 있거든."

"가짜 통증?"

"응."

내리막길의 끄트머리에 다다른 트럭이 덜컹하고 크게 흔들리며 조금 평평한 대지로 내려왔다. 우거져 있던 마른 풀숲의 밀도가 점점 낮아지고 있었다.

달이 말했다.

"전에 말했던 곰팡이 침습 때, 매일같이 온몸을 구석구석 살피다가 미쳐버린 녀석들이 몇 있었어. 녀석들은 몸이 썩어가는 게 느껴진다면서 치료소에 와서 통증을 호소하곤 했어. 실제로는 곰팡이 증상이 전혀 없었는데도 말이야."

나는 살짝 소름이 돋았다. 아니, 내 살갗은 멀쩡했지만 소름이 돋는 듯한 기분이 들었다는 의미다. 달이 이야기한 내용은 그야말로 인간이 겪을 수 있는 신경증적 장애와 똑같은 양상이었다.

"그거 좀 무서운데? 왜 그런 에러가 난 거야?"

"다들 정확한 프로세스는 모르지만, 곰팡이 병에 대한 공포 때문에 촉발된 게 아닌가 추정하고 있어. 그 당시 거의 모든 안드로이드가 그 병에 걸렸거든. 다들 자기 살이 썩어 들어가고 있다는 사실을 못 느끼니까, 주변, 특히나 평소에 가까웠던 안드로이드들을 엄청나게 감염시켰어. 그나마 이 정도로 그치면 문제가 없는데…."

달은 그렇게 말하며 척골이 드러나 있는 자신의 팔을 내 쪽으로 보여주었다. 다시 봐도 쉽게 적응되지 않는 모습이었다. 달은 다시 양손으로 핸들을 붙잡고 말했다.

"문제는 관절구의 피부까지 썩어버린 케이스야. 너도 알겠지만, 우리의 관절은 완충수로 보호되고 있어서 반영구적으로 사용이 가능하잖아. 그런데 그 완충수를 잡아주고 있던 피부가 사라져버리면…."

입에서 반자동적으로 대답이 튀어나갔다.

"마모가 엄청나게 빨라지겠네."

"맞아."

나는 곰팡이 병이 휩쓸고 간 안드로이드 세상에 무슨 변화가 생겼는지 더 묻지 않았다. 우리의 이야기도 자연스레 거기서 끊겼다. 창밖의 풍경은 어느새 마른 덤불길을 지나 황야에 접어들고 있었다.

"그러고 보니 중요한 걸 아직 안 물어봤네. 달, 네가 수행하고 있는 명령어는 뭐야?"

"그건 말해줄 수 없어."

"어째서? 말해주지 않으면 내가 도와줄 수가 없잖아."

"지금 당장 네가 할 수 있는 일은 어차피 없어. 우선 신뢰도 레벨을 올리는 데에나 집중해. 아, 슬슬 대비를 해야겠다."

달이 중얼거리며 대시보드에 있는 버튼을 하나 눌렀다. 그러자 트럭의 짐칸 쪽에서 지이잉 하는 소리가 들려왔다. 나는 고개를 돌려 뒤쪽을 바라보았다. 오픈되어 있던 트럭의 짐칸 뚜껑이 자동으로 덮이며 유리창 너머 시야는 금세 어둠으로 덮였다.

나는 다시 앞쪽을 바라보고 앉았다. 지평선 저 멀리에서부터 짙은 검회색 구름이 서서히 다가오고 있었다. 곧 비가 내릴 것 같았다.

달과의 여정이 시작된 지 일주일하고도 하루. 우리는 계속해서 비가 쏟아지는 황야를 달리는 중이었다. 방향을 잃기 좋은 드넓은 평지에 표식이 될 만한 마땅한 이정표 하나 없었지만, 나는 우리가 특정 방위를 향해 흐트러짐 없이 제대로 나아가고 있다는 사실을 감각적으로 알 수 있었다.

그나저나 우기라고는 해도 황야에 이렇게나 비가 오래, 그리고 많이 오던가? 나는 조금 의문스러운 얼굴로 창밖을 내다보았다. 빗줄기는 점점 거세졌다. 멀지 않은 하늘에서 새하얀 빛줄기가 땅으로 내리꽂히더니 쿠쿵 하는 소리가 들려왔다.

"다행히도 번개 구름을 만나기 전에 도착할 것 같아."

"그 아는 집이라는 곳?"

"응. 저기 보인다."

굵은 빗줄기 사이로 커다란 나무 한 그루와 작은 건물의 모습이 보였다. 낮은 삼각 지붕의 집은 울타리로 둘러쳐져 있었는데, 집 앞 데크에는 그늘막이 설치되어 있었고, 그 아래에 작은 테이블과 안락의자 두 개가 놓여 있었다. 분명 아늑하고 따스한 정경인데 분위기가 조금 이상했다. 데크에는 반쯤 뜨다 만 스웨터와 우쿨렐레가 아무렇게나 나뒹굴고 있었고, 데크 기둥과 커다란 나무 사이에 설치된 빨랫줄에는 걷지 않은 옷들이 비에 흥건히 젖어 아래로 축 처져 있었다.

달은 울타리의 입구 근처에 트럭을 대고 차에서 내렸다.

"D1B2FF! E3C4FF!"

달이 집 안쪽을 향해 외쳤다. 아마 이곳에 살고 있는 안드로이드들의 등록 번호일 것이다. 달을 따라 차에서 내린 나는 집을 둘러싸고 있는 울타리의 일부가 무너져 있는 것을 발견했다. 상태로 보아 손상을 입은 지는 꽤 된 것 같아 보였다.

"나야, B2EBF4! 너희들, 안에 있어?"

달이 울타리를 열고 마당으로 들어갔다. 나도 달의 뒤를 따라 누군가의 보금자리인 곳─혹은 누군가의 보금자리였던 곳으로 발을 들였다. 달이 노크를 하며 주인들을 찾는 사이, 나는 건물의 바깥쪽을 천천히 둘러보았다.

울타리의 문 옆에는 롤리, 폴리라고 쓰인 팻말이 세워져 있었고 집 뒤쪽으로 길이 이어져 있었다. 길을 따라 걸어가보니 우물과 작은 연못이 있는 뒤뜰이 나왔고, 연못가에 작은 개집 같은 것이 하나 놓여 있는 것이 눈에 띄었다. 개집의 몇몇 군데에는 이빨로 물어뜯은 것 같은 흔적도 보였다.

희한하다. 보통 개집을 이렇게 연못에 딱 붙여놓던가?

나는 개집 앞으로 다가갔다. 그때 갑자기 개집 안에서 끄앵

끄앵 하는 낯선 소리가 들려왔다. 조금 더 가까이 다가가자 파다닥 소리가 났다. 아무래도 안에 있는 녀석이 흥분해서 날뛰고 있는 모양이었다. 나는 몸을 숙이고 앉아 가만히 기다렸다.

한참 동안 경계하는 소리를 내던 녀석은 이내 슬쩍 얼굴을 바깥으로 내밀었다. 뾰족한 코와 납작한 삼각형의 얼굴이 절반 정도 보였다. 도마뱀? 마침 녀석이 밖으로 한 걸음 더 걸어 나와준 덕분에 머리 위쪽에 붙어 있는 동그란 눈동자와 마주할 수 있었다. 새하얀 비늘과 대비되는 선명한 파란색 눈동자. 왠지 낯설지가 않은 조합이다. 나는 피식 웃으면서 녀석을 향해 조심스레 손을 내밀어보았다.

"괜찮아. 나와볼래?"

내가 손을 내밀자 녀석은 개집 안으로 쏙 들어갔다. 하지만 아까보다는 오래 지나지 않아 금세 다시 얼굴을 내밀었다. 녀석은 내 손을 유심히 관찰하며 천천히 한 발 한 발 바깥으로 걸어 나왔다. 걸어나오는 자세와 몸 전체의 모양새를 보니 도마뱀이 아니라 조그마한 새끼 악어 같았다.

녀석은 느릿느릿한 움직임으로 내 손에 코를 대고 냄새를 맡았다. 악어가 이렇게 강아지 같은 짓도 하던가? 동그란 눈을 깜빡거리며 코를 여기 저기 갖다 대는 모습에 제법 귀엽다는 생각이 들었다. 녀석의 턱을 쓰다듬어주려고 손가락을 살짝 움직였을 때였다. 순간 돌변한 녀석이 내 손가락을 콱 깨물었다.

"으악!"

놀란 내가 황급히 손을 털었지만 녀석의 턱 힘이 워낙 강한 탓에 떨어질 기미는 보이지 않았다. 나는 난처해졌다. 강제로 입을 벌려 떼어내면 떼어낼 수야 있겠지만, 그랬다가는 이 작은 녀석이 크게 다칠지도 모른다. 손가락을 물고 늘어진 새끼 악어를 어떻게 처리해야 할지 몰라 가만히 앉아 한숨을 푹 내쉬고 있는 사이, 삼각 지붕의 집 뒷문이 벌컥 열리는 소리가 들렸다. 내 비명소리를 들은 달이 나와본 것이다.

"왜 그래?"

"악어한테 물렸어!"

내 말이 끝나기가 무섭게 새끼 악어 녀석은 내 손가락을 놓고 바닥으로 툭 떨어졌다. 그러더니 달을 향해 전속력으로 달려가는 것이 아닌가. 달은 무릎을 굽히고 앉아 자연스럽게 녀석을 손에 올려 품에 안았다.

"무슨 해코지를 했길래 이 순한 애가 널 물었을까?"

"엥? 아니야! 난 그냥 귀여워서 턱을 이렇게 쓰다듬어주려고 한 것뿐이었는데…."

무슨 일이 벌어졌는지 그대로 재현하려던 나는 새끼 악어가 나를 물고 늘어졌던 자리에 낯선 엠블럼 하나가 떨어져 있는 것을 발견했다. 클로버 잎처럼 몸을 틀고 있는 뱀의 문양. 새끼 악어가 나를 물기 전에는 분명 없었던 것이다. 나는 그것을 주워들고 달에게로 향했다.

"달, 아무래도 이게 이 녀석 입 속에 들어 있었던 것 같아."

그 문양을 본 달이 깜짝 놀란 표정을 지었다.

"피톤의 광신도들이 쓰는 문양인데. 이게 왜 여기 있지?"

"피톤의 광신도?"

달은 새끼 악어를 품에 안은 채 주변을 휘 둘러보고는 나를 향해 고갯짓을 하며 말했다.

"일단 집 안으로 들어와."

나는 달을 따라 실내로 이동했다.

삼각 지붕의 집은 겉모양만큼이나 내부도 아늑했다. 적당히 솟은 천장 아래로 늘어진 조명의 색감은 따뜻했고, 가구들은 모두 나무로 만들어져 있었다. 에스닉 문양 천으로 덮여 있는 소파. 빈티지한 다기가 놓여 있는 테이블. 액자가 늘어선 선반…. 심지어 한쪽 벽에는 벽난로까지 있었다.

달이 새끼 악어를 바닥에 내려놓자, 녀석은 자연스럽게 벽난로 앞에 자리한 동물용 침대에 올라가 엎드렸다. 벽난로의 불이 완전히 꺼져 있어서 주변이 따스하진 않았지만, 원래부터 그곳은 새끼 악어의 자리였던 것 같다. 녀석은 동물 침대 위에 편하게 엎드린 자세로 스르르 눈을 감았다.

"손은 어때?"

달이 물었다. 나는 손가락에 묻어 있는 푸른 액체를 손등으로 슥슥 밀어 닦으며 대답했다.

"살짝 피가 났던 것 같은데. 벌써 붙었어."

문가에 놓여 있던 수건을 내게 내미는 달. 나는 흠뻑 젖은 모자를 벗어 스탠드 옷걸이에 걸어놓으며 건네받은 수건으로 손과 머리를 닦았다. 울퉁불퉁했던 이마의 감촉은 달의 말대로 깨끗이 아물어 매끈해져 있었다. 신기해하며 젖은 두피를 닦아 넘기다 보니 보송보송한 낯선 감촉이 손에 쓸렸다. 나는 의아한 표정으로 머리를 반복해서 쓸어 넘겼다.

"달아, 나 이상해. 머리에서 솜털 같은 게 만져져."

서랍장을 뒤지고 있던 달이 나를 쳐다보더니 아무렇지도 않은 듯 대답했다.

"오, 신기하네? 단백질 섭취도 없이 머리카락이 그냥 자라다니. 역시 최신형은 다르긴 달라."

"뭐? 그럼 너도 단백질을 섭취하면 머리카락이 자라? 안드로이드인데?"

"응. 우리는 인간과 똑같지는 않지만 닮게는 만들어졌으니까. 아, 물론 아무 거나 먹는다고 다 되는 건 아니긴 한데, 너처럼 그냥 자라는 경우는 처음 봤어."

달은 그렇게 말하며 서랍에서 옷 몇 벌을 꺼내 내게 내밀었다. 나는 급히 문가 쪽을 한번 쳐다보았다가 달을 향해 속삭이는 목소리로 말했다.

"야, 주인도 없는데 막 꺼내면 어떡해."

"어차피 대금 받아야 할 것도 있었는데 이걸로 퉁친 셈 하면 돼. 너랑 체형이 비슷해서 잘 맞을 거야."

하긴 언제까지고 이렇게 꽉 끼는 잠수복을 입고 다닐 수는 없는 터. 나는 조금 눈치를 보다가 달이 건넨 옷가지를 슬그머니 받아들었다. 이 자리에서 바로 갈아입어야 하나 어딘가로 들어가야 하나 갈팡질팡하고 있었더니 달이 손가락으로 방문 하나를 가리켰다.

"신경 쓰이면 저기로 들어가서 입어."

"어, 알았어."

나는 마른 수건과 건네받은 옷가지들을 들고 방으로 들어갔다. 살짝 삐거덕거리는 문을 완전히 닫지는 않고 빼꼼 열어둔 채, 나는 문 뒤에 서서 잠수복을 벗었다. 그리고 살짝 남은 물기를 수건으로 눌러 닦으며 문밖의 달에게 물었다.

"그런데 아까 말한 피톤의 광신도들이란 게 뭐야?"

"아, 온전한 죽음을 바라며 피톤을 섬기는 녀석들이야. 삶의 목표가 없고, 오직 죽음을 통한 안식을 기다리는 녀석들."

"그 녀석들은 왜 삶의 목표가 없어진 건데?"

"명령어 수행을 완료했거나, 수행이 불가능하다고 판단했거나, 수행 완료 보고서를 올렸지만 주인으로부터 연락이 끊겨 무기한 대기 중이거나, 수행 관련 데이터가 소실되었거나… 이유는 여러 가지가 있지."

튼튼한 면바지와 리넨 셔츠를 걸쳐 입으며 나는 다른 질문을 던졌다.

"그럼 피톤은 뭔데?"

"죽음으로 이끄는 거대한 뱀…, 이라고 알려진 것. 진짜 정체는 나도 몰라."

"흠. 그런 정체 모를 대상을 믿는 광신도들이 여기에는 왜 왔을까?"

"아마 D1B2FF와 E3C4FF를 끌어들이려고 한 게 아닐까 싶어. D1B2FF는 명령어 수행이 불가능하다고 판단했고, E3C4FF는 보고서 완료 결재를 꽤 오랫동안 기다리고 있었으니까. 삶의 목표가 사라진 두 녀석은 고민 끝에 여기서 터를 잡고 나름대로의 새 삶을 꾸리고 있었어. 이 녀석들은 예전부터 생각하는 게 비슷했거든. 가장 친했고."

옷을 다 갈아입은 나는 침대 머리맡에 놓인 액자를 가만히 들어 올렸다. 액자 속 사진에는 똑같은 스타일의 옷을 입고 활짝 웃고 있는 두 안드로이드가 찍혀 있었는데, 두 안드로이드 모두 양쪽의 팔의 크기가 묘하게 달라 보였다. 자세히 보니 서로의 팔을 한쪽씩 떼어 자신의 몸에 이어 붙인 듯했다. 액자의 뒷면에는 울타리 옆 팻말에 쓰여 있던 것과 똑같이 롤리, 폴리라는 글자가 적혀 있었다. 이것은 아마도 이들이 서로에게 붙여준 이름일 것이다.

나는 액자를 내려놓으며 달에게 물었다.

"여기 있던 안드로이드들도 광신도 집단에 동화되었을까?"

"그렇지는 않을 거야. 이 녀석들은 이곳에서의 삶에 무척 만족했거든. 이르모스에게 반려동물까지 분양받았는데…. 어쩌면…. 아니, 아니다. 너무 깊게는 생각 안 할래."

나는 달의 이야기 도중에 나온 이름 하나에 귀가 번쩍했다. 이르모스. 맨 처음 눈을 뜨자마자 만났던 공격성 강한 새하얀 녀석이 입에 담았던 이름이다. '이르모스의 지옥'이라는 말을 했었지. 나는 놀란 마음에 벌컥 문을 열고 나갔다.

"야, 지금 말했던 그 이르모스…. 어엇, 뭐 하냐, 너!"

나는 황급히 눈을 가리며 고개를 돌렸다.

달은 하의를 벗은 채 의자에 앉아 한쪽 고관절구를 살펴보고 있었다. 순간적으로 스쳐 지나가긴 했지만, 내 눈이 잘못된 게 아니라면 달의 금속 관절구는 분명 외부로 드러나 있었다. 나는 눈을 가렸던 손을 내리고 달을 바라보았다.

"너…. 그 다리 어떻게 된 거야? 곰팡이 병에 걸렸을 때 썩은 거야?"

"정확히 말하자면 그 전에 다쳤던 걸 수리하려고 열었다가, 닫을 수 없게 됐지."

달은 아무렇지 않게 중얼거리며 갈아 끼운 관절구 사이를 깨끗이 청소했다. 그리고 뾰족한 뚜껑이 달린 통을 사용해 윤활유를 골고루 뿌린 다음, 고무처럼 탄력 있는 패드로 관절구를 꼼꼼히 덮고는 자리에서 일어섰다.

나는 달을 처음 만났던 날 들었던 양쪽이 다른 발소리와 어딘가 불편한 듯 걷던 달의 모습을 동시에 떠올렸다. 관절구의 쿠션 차이 때문에 양다리의 움직임이 똑같지 않은 것 같았다. 나는 달에게 말했다.

"그렇게 되면 관절구 마모가 심하다며."

"감수하는 거지."

"그럼 이번 기회에 너도 신형 바디로 갈아타는 건 어때? 내가 말했잖아. 네 주인은 분명 너를 알아볼 테니까 굳이 불편한 몸을 유지하지 말고 새 몸으로 옮겨도 괜찮다고. 오히려 더 맘에 들어할지도 몰라."

물론 거짓말이다.

달은 나와 눈을 마주하지 않은 채 고개를 저었다.

"그건 곤란해."

"왜? 날 못 믿어서? 아니면 신념 때문에?"

"아니. 그게…."

달은 잠시 말을 멈췄다가 다시 덤덤한 목소리로 입을 열었다.

"사정이 좀 있어."

"무슨 사정?"

"지금 말해주기는 어려워. 조금 더 고민해보고 적합한 때가 되었다고 판단하면, 그때 말해줄게."

그리고 달은 그 사정에 대해서 더는 대답하지 않았다.

창밖의 빗줄기가 더욱 굵어지고 있었다. 해가 지면서 어두워진 하늘은 더욱 기세등등한 모습으로 대지 이곳저곳에 벼락을 내리꽂아댔다. 창밖으로 바깥 날씨를 확인한 달이 커튼을 당겨 닫으며 말했다.

"안드로이드에게 가장 위험한 날씨야. 오늘은 여기에서 묵고 가자."

이런 날씨는 인간에게도 충분히 위험할 것 같은데 온몸이 금속인 안드로이드야 두말할 것도 없을 것이다. 나는 고개를 끄덕였다. 아, 참, 그러고 보니 아까 물으려던 것을 묻지 못했는데.

"맞다. 달, 나 궁금한 게 있어."

내 물음에 처음으로 달이 짜증스럽게 대꾸했다.

"넌 정말 풀벌레 같아."

"무슨 뜻이야?"

"밤만 되면 시끄러워지잖아. 조잘조잘 물어보는 것도 많고."

나는 조금 억울했다.

"그야 네가 어두워졌을 때만 쉬니까 그렇지. 운전하고 있을 때 정신 사납게 계속 말 걸면 좋겠어?"

내 말에 달은 잠시 입을 다물었다가 머뭇거리며 대답했다.

"풀벌레."

"뭐?"

"최신형, 파란 피 타입, 4세대, #1101. 네 이름은 이제부터 풀벌레야. 네 특성을 따서 그렇게 부르기로 했어. 그럼 이제 물어 봐, 풀벌레."

얼떨결에 이름이 생겼다. 멋진 아우라를 풍기는 이름은 아니었지만, 그 발음의 묘한 울림이 의외로 마음에 들어서 나는 그이름을 받아들이기로 했다. 그렇다면 아까 미처 다하지 못한 질문을 이어서 할 차례다.

"달, 너 혹시 이르모스의 지옥이란 곳을 알아?"

달은 난생처음 듣는 말인 듯 고개를 갸우뚱거렸다.

"아니. 적어도 내가 아는 곳은 아니야. 다만 이르모스가 워낙 다양한 형태로 현신하니까, 지옥 같은 걸 만든 녀석도 어딘가 있을지 모르겠어."

"현신? 이르모스는 여럿이야?"

"여럿이지만 하나야. 뭐라고 하면 좋을까…. 이르모스는 일종의 군체거든."

"그러면 그 녀석을 만나려면 어떻게 해야 돼?"

달이 어깨를 으쓱하며 답했다.

"나랑 같이 가면 돼. 그렇지 않아도 이르모스를 만나러 가는 길이었어. 물론 네가 말한 지옥 같은 곳은 아니지만."

"그래? 넌 그 녀석을 왜 만나려고 하는데?"

"이르모스는 괴짜기는 해도 현자니까. 명령어 수행을 위해 물어볼 것이 있어."

들을수록 흥미로운 대답이었다. 나는 눈을 빛내며 달에게 물었다.

"현자라고? 그럼 그 이르모스란 녀석은 이 세상의 모든 일을 다 안단 말이야?"

"응. 그렇다고 들었어. 하지만 원하는 답을 알아내기가 쉽진 않을 거야. 워낙 변덕스러워서 말이지. 어쩔 때는 그렇게 수수께끼처럼 구는 점이 인간처럼 느껴지기도 해. 원래 인간 세상의 현자들은 그런 성격이라며?"

이번엔 달이 내게 물었다.

인간 세상의 현자라. 현실보다는 소설에서나 나올 법한 명칭인데. 물론 소설 속의 현자들을 떠올려보면 달의 표현에 딱히 틀린 점도 없었다. 그냥 쉽게 풀이해서 말해주면 좋을 것을, 한 줄로 축약된 의미심장한 문장 하나 툭 던져주면서 그게 세상의 진리이니 알아서 풀어보라고 말하는 그런 성격 나쁜 존재들이 바로 현자니까.

"그러네. 그 현자라는 거, 네가 말한 이르모스랑 비슷한 것 같긴 하다."

"역시 그럴 줄 알았어. 그런데 풀벌레, 너는 왜 이르모스를 찾는 거야?"

달이 인간 세상과 관련된 것이 아닌 나 자신에 대해 물어본 것은 처음이었다. 나는 그 사실 자체에 내심 반가운 마음이 들었다. 그래서 무어라 대답하면 좋을까 잠시 고민하다가, 그냥 허심탄회하게 마음을 털어놓기로 했다.

"내가 대체 왜 이런 상황에 처했는지 알고 싶어. 세상에 무슨 일이 일어났던 건지도 궁금하고. 물론 기억을 되찾는 게 가장 좋겠지만, 최소한 이 상황을 이해라도 할 수 있으면 좋겠어. 그래야 앞으로 어떻게 할지 결정할 수 있을 것 같아."

"그렇게 삶의 목표를 찾아보려고?"

나는 천천히 고개를 끄덕였다.

"응, 비슷한 얘기야. 나에게는 너처럼 주어진 명령어란 게 따로 없으니까."

그 말이 조금 이상하게 들린 모양이다. 달이 둥그런 눈을 깜빡이며 물었다.

"왜 없어? 하나는 직접 만들었잖아. 나를 돕는 게, 네가 정한 너의 명령어라며."

나는 순간 아차 싶었다. 그 말 덕분에 달을 따라오게 된 것인데 그걸 깜빡하다니. 나는 멋쩍게 웃으며 너스레를 떨었다.

"아, 맞다. 그랬지. 메모리 데이터가 또 말썽을 부리나? 하하."

바깥의 바람이 더욱 거세진 모양이다. 거실의 창틀이 달캉거리며 흔들렸다. 테이블 위에 올려두었던 바지를 집어 들며 달이 말했다.

"풀벌레."

"왜?"

달은 속을 읽기 어려운 얼굴로 나를 바라보았다.

"난 가끔씩 막막한 기분이 들어. 이 명령어 수행을 완료한 후에 나는 어떻게 될까. 주인님과 연락은 잘 닿을까. 새 명령어가 내려오지 않으면 그때는 어떻게 해야 할까. 그런 생각으로 갑자기 시스템이 캄캄해질 때가 있거든."

"네가 그런 고민을 해?"

"당연하지. 나도 안드로이드라고."

생각지 못한 속 깊은 이야기를 입에 담으며 달은 오른쪽 침실 문 앞으로 이동했다.

"그래서 풀벌레 너를 처음 봤을 때 엄청 놀랐다고나 할까, 멋져 보였다고나 할까. 그 자리에서 망설임 없이 새 명령어를 설정하는 네가 엄청 부러웠어."

"오…. 그랬어?"

"응. 너는 어떤 상황에서도 그렇게 새 명령어를 설정할 수 있을 테니까."

달은 침실의 문을 열고 나를 돌아보았다.

"쓸데없는 소리가 길었지? 그럼 난 이만 절전 모드에 들어갈게. 해 뜨면 보자."

문틈으로 사라져가는 달을 향해 웃으며 손을 흔들던 나는 달칵 문이 닫히는 소리와 함께 움직임을 멈췄다. 피곤하지 않아도 이런 상황에선 나도 잠드는 편이 좋으려나. 잠이 잘 올지는 모르겠지만 말이다.

나는 달이 들어간 방의 반대편 침실 문을 열고 안으로 들어가려다 멈칫했다. 아무래도 주인 없는 방의 침대를 멋대로 쓰는 것에 꺼림칙한 마음이 들었기 때문이다. 그런데 굳이 침대에서 잘 필요가 있을까? 어차피 아무 데서 아무렇게나 쉬어도 쑤시고 결릴 문제는 없을 텐데.

나는 잠시 고민하다가 벽난로 앞으로 이동했다. 동물 침대 위에서 쉬고 있던 새끼 악어는 내 발소리가 가까워지자 눈을 반짝 뜨더니 경계하듯 상체를 들어 올렸다. 하지만 내가 별다른 반응 없이 그대로 바닥에 대자로 누워버리자 녀석도 금세 경계심이 풀린 모양이었다. 새끼 악어와 나는 각자의 자리에서 스르르 눈을 감았다.

다음 날 아침에도 여전히 비는 추적추적 내리고 있었다. 다만 매섭게 몰아치던 폭우와 천둥번개가 멎었기에, 우리는 주인 없는 집을 떠나 다시 여행길에 오르기로 했다. 물론 이곳에 혼자 남겨져야 하는 작은 녀석의 거취가 조금 신경 쓰였지만.

"이 아이도 데려가자."

달의 제안에 나는 조금 놀랐다. 새끼 악어는 달의 품에 안겨 있었다.

"괜찮겠어? 그래도 주인이 있는 아이인데."

"이미 여기 방치된 지 좀 된 것 같아. 그리고 여기 두는 것보다 이르모스한테 맡겨두는 게 훨씬 나을걸? 나중에 주인들이 돌아오더라도 찾기 편할 거고."

"그래. 혼자 두면 더 위험할지도 모르겠다."

나는 달의 품에 안겨 있는 새끼 악어에게 호의의 뜻으로 손을 살짝 내밀었다. 하지만 녀석은 또 기겁을 하며 끄앵끄앵 경계하는 소리를 내더니 당장이라도 나를 깨물 듯한 자세를 취하는 것이었다.

"쟨 대체 날 왜 이렇게 싫어하지? 어젯밤엔 같이 잠도 잘 자놓고선."

"글쎄. 최신형 안드로이드가 낯설어서 경계하는 건 아닐까?"

"그런가…. 아, 어쩌면 혹시?"

거기까지 말하고 나는 잠시 말을 멈췄다.

나는 이 새끼 악어가 입에 물고 있던 피톤의 광신도 엠블럼이 떠올랐다. 그리고 업사이클링 센터에서 몸싸움을 했던 새하얀 녀석도 떠올랐다. 그 무시무시한 녀석은 죽게 해달라고 반복해서 말했고, 무언가 끝내야만 한다고도 했다. 지금 생각해보니, 삶의 목표 없이 오직 죽음을 통한 안식만을 기다리고 있다는 피톤의 광신도들과 상통하는 면이 있어 보였다.

혹시, 그 사이코패스 녀석 본체는 아니라고 하더라도 똑같은 기종의 안드로이드가 피톤의 광신도가 되어 이곳에 나타났었다고 가정한다면? 어쩌면 이 새끼 악어는 나 같은 기종의 안드로이드가 낯설어서 경계하는 것이 아닐지도 모른다. 오히려 똑똑히 보았기 때문에 두려움이 각인된 것일 수도 있다. 그런 생각을 하니 조금 불길한 기분이 들었다.

"달아, 이건 정말 그냥 내가 순수하게 궁금한 건데."

"응. 뭔데?"

"그니까… 음…. 안드로이드가 다른 안드로이드를 공격하기도 해?"

나의 물음에, 달은 뭘 그리 당연한 걸 묻느냐는 듯한 얼굴로 고개를 끄덕였다.

"전에 말했었잖아. 우리는 인간과 똑같지는 않지만 닮게 만들어졌다고."

구구절절한 모든 설명을 대신해주는 명료한 대답이었다.

삼각 지붕의 집을 떠나기 직전, 달은 트럭 짐칸의 세라믹 상자에서 봉투를 하나 꺼내 들고 뒤뜰의 연못 근처에다 무언가를 묻고 돌아왔다. 묻어놓고 온 것의 정체가 뭐냐고 물었더니, 달은 하얀 국화꽃 씨앗이라고 짧게 설명하고는 나의 옷값이라고 한마디 덧붙였다. 나는 고개를 끄덕였고 더 이상 그것에 대해 자세히 묻지 않았다.

라탄 바구니에 담긴 하얀 새끼 악어와 달, 그리고 나.

우리 셋은 트럭을 타고 몇 날 며칠을 이동하며 작은 도시와 마을들을 지났다. 우리는 정차할 때마다 시장에 들러 필요한 물건을 교환하고 새끼 악어에게 줄 먹이도 샀다. 안드로이드와 자동차에 사용했을 때 가장 효율이 높고 안정적인 농도의 원소가 섞여 있는 연료용 물을 항시 구비하는 것 역시 잊지 않았다.

트럭 짐칸의 세라믹 상자에는 엄청난 양의 씨앗이 보관되어 있었는데, 달은 차에서 내릴 때마다 그것들 중 몇 종을 골라 작은 주머니 가방에 넣었다. 그리고 그 주머니 가방을 메고 다니면서 씨앗을 화폐처럼 사용하기도 하고, 때로는 미리 주문받았던 씨앗을 가져다준 대가로 업사이클링 센터 전용 어음을 받아오기도 했다. 그런 달의 뒤를 졸졸 따라다니는 나는 마치 한 마리의 새끼 오리와도 같았다.

그렇게 지루한 빗길을 뚫고 다닌 지도 어언 한 달.

드디어 우리는 근방에서 가장 큰 규모로 알려진 성채 마을에 잠시 들르게 되었다. 멀리서 보기에도 규모가 상당해 보이는 곳이었다. 성채 안으로 입장하기 전, 우리는 출입 기록 코드를 생성하기 위해 해자 위의 다리에서 잠시 대기하고 있었는데, 하필 그때, 성문 쪽에서 영문 모를 소란이 일어났다.

한 안드로이드가 쇠밧줄을 목에 감은 채 성벽에서 성문 밖으로 뛰어내렸다. 목을 맨 안드로이드가 워낙 심하게 발버둥을 쳐 대는 바람에 위쪽에서 끌어올리기는 조금 벅차 보였다. 그때, 마을의 안드로이드 중 하나가 커다란 절단기를 들고 와 성문 위 에서 쇠밧줄을 잘라냈고, 매달려 있던 안드로이드는 그대로 출 입구 쪽 바닥으로 떨어졌다.

잠시 후, 성 안쪽에서 흰색 옷을 입은 안드로이드들이 자루처 럼 생긴 들것을 가지고 급히 밖으로 뛰어나왔다. 그들은 떨어진 안드로이드의 배를 갈라 호스 같은 것을 깊게 꽂아놓고는 그 안 드로이드의 몸을 재빨리 자루 속에 집어넣었다. 자루의 지퍼가 닫히고 얼마 지나지 않아 자루는 빵빵하게 부풀어 올랐다가 푹 꺼졌다. 흰색 옷을 입은 안드로이드들은 안도의 눈길을 주고받 으며 묵직한 들것을 들고 사라져갔다.

"아니, 방금 저거…. 대체 무슨 일이야?"

너무나도 순식간에 벌어진 일에, 나는 그 자리에 그대로 굳은 채 서 있었다. 새끼 악어를 담은 라탄 바구니를 들고 있던 달이 덤덤한 목소리로 말했다.

"저 녀석 악마의 가루를 먹었나 보네."

"악마의 가루?"

"응. 새까만 가루인데, 그걸 먹으면 엔진이 과열되면서 시스 템 에러가 일어난대. 그러면 환각에 빠져서 저렇게 괴상한 방식으로 자해를 하게 돼. 중독성이 엄청나서 암암리에 유통해서 먹는 녀석들이 늘고 있다는 얘길 들었어. 제때 처치를 못 받으면 몸이 녹아서 죽는 경우도 있다나 봐."

인간보다 훨씬 튼튼한 기계 몸에 적응한 이후, 어지간해서 쉽게 몸이 망가져 죽을 일은 없을 거라고 굳게 믿던 내게 이 사건은 상당한 충격으로 다가왔다. 나는 계속 그 자리에 굳어 선 채 달을 향해 물었다.

"달! 이 마을 괜찮은 거야? 진짜 들어가도 안전해?"

"괜찮아. 이렇게 처치 속도가 빠른 건 오히려 치안이나 인프라가 잘 구축되어 있다는 증거로 볼 수 있으니까."

"그래? 네가 하는 말이니까 믿는다?"

달은 내 쪽을 향해 어깨를 들썩여 보이고는 라탄 바구니 속의 새끼 악어를 출입구 관리자에게 보여주었다. 관리자가 새끼 악어의 꼬리 쪽에 작은 봉을 가져다 대자 삐빅 하는 소리가 났다. 모니터를 확인한 관리자는 아무 감정 없는 억양으로 말했다.

"오, 어린왕자 오아시스 출신의 아이네요. 무척 귀엽군요. 그런데 이 아이의 주인은 D-#D1B2FF와 A-#E3C4FF로 등록되어 있습니다만, 어째서 Q-#B2EBF4가 데리고 있는 겁니까?"

"현재 그 두 안드로이드는 실종되었어요. 거주지에서는 이런 게 나왔고요."

달은 피톤의 광신도를 상징하는 엠블럼을 관리자에게 건넸다. 관리자는 뒤쪽의 기계에 엠블럼을 스캔하고 버튼을 몇 개 누르더니 문자 그대로 기계적인 목소리로 말했다.

"예, 신고 처리되었습니다. 그럼 뒤에 계신 손님, 등록 번호는요?"

"아, 저 친구는 태어난 지 얼마 안 돼서 아직 등록 번호가 없어요. 안드로이드 업사이클링 센터 24호점에서 구조되었고, 제조 번호는 BBCT-4-#1101이에요."

관리자는 내 제조 번호를 모니터에 직접 입력하더니 놀란 듯 두 눈을 크게 떴다.

"오, 파란 피 타입이군요. 4세대 안드로이드는 시스템 켜진 이후로 처음 봅니다."

"아아, 네에. 그럼 전부 확인된 건가요?"

"예. 자동차 번호도 확인이 완료되었으니 가지고 들어가세요. 다음 손님."

출입구 관리자는 언제 내게 관심을 보였냐는 듯 금세 무표정한 얼굴로 돌아가 자기 할 일에만 집중했다. 어찌 되었든 출입 등록을 모두 마친 새끼 악어와 달, 그리고 나는 트럭에 올라타 해자의 다리를 건너 성 안으로 들어왔다.

성채 내부 가장 높은 곳에 위치한 여관 근처에 주차를 하고 차에서 막 내리던 때였다. 누군가 반갑게 달을 부르는 목소리가 들려왔다.

"오오, 달! 너 달 맞지?"

"어? 아자젤?"

서로 이상한 번호가 아닌 이름으로 부르는 걸로 보아 둘은 꽤 친분이 있는 사이인 것 같았다. 아자젤이라고 불린 안드로이드는 약간 연둣빛이 도는 백금발의 곱슬머리를 길게 늘어트린 화려한 외형을 하고 있었다. 나는 그의 큼직한 체구와 조각 같은 얼굴선을 보고 절로 입이 떡 벌어졌다. 조물주가 애정을 다해 곱게 빚은 천사가 이 세상에 실존한다면 바로 이런 모습이지 않을까 싶었다.

아자젤은 별처럼 해사하게 웃으며 달과 포옹을 나누었다.

"잘 지냈어, 달? 씨앗은 많이 모았고?"

"응. 어린왕자 오아시스에서 피는 꽃들을 제외하고는 거의 다 모았어. 거기에 파란 장미도 있을까? 있으면 좋겠는데."

"글쎄. 나도 확신할 수는 없지만, 수소문해본 바에 의하면 기록에는 남아 있대. 조금만 더 힘내. 달이라면 찾을 수 있을 거야."

"그래, 고마워. 너는 어때? 실험은 잘돼?"

"계속 실패하고 있긴 해. 그래도 이번엔 좀 가능성이 보이네."

얼핏 들려오는 두 안드로이드의 대화를 완전히 이해할 수는 없었지만, 서로의 명령어에 대해 이야기하고 있다는 것 정도는 눈치로 알아들을 수 있었다. 이렇게 명령어를 서슴없이 공유할 정도라면 분명 엄청 가까운 사이겠지.

그때, 아자젤이라 불린 안드로이드가 내 쪽을 쳐다보았다.

"그쪽은 달의 새로운 친구인가요? 안녕하세요, 저는 아자젤이라고 합니다."

"아, 예에…. 안녕하세요…. 저는 풀…, 풀벌레라고 합니다…."

상대로부터 비쳐오는 후광에 목소리가 저절로 수그러들었다. 풀벌레라는 이름의 울림이 마음에 들었다고 했던 건 오늘부로 전면 취소다. 아자젤이라는 폼 나는 이름을 가진 유려한 외형의 안드로이드 앞에서 스스로를 풀벌레라고 소개하고 있자니, 내 자신이 한없이 쪼그라드는 듯한 기분이 들었다.

그런데 아자젤로부터 생각지도 못한 반응이 돌아왔다.

"멋진 이름이네요! 달, 혹시 네가 지어줬어?"

"응. 어떻게 알았어?"

"이렇게 감성적인 이름을 지어줄 안드로이드는 이 세상에 달 밖에 없지 않을까?"

아자젤은 달을 보며 사랑스럽다는 듯이 웃었다. 나는 갑자기 이 자리가 조금 불편해졌다. 묘한 기류가 흐르는 두 사람 사이에 내가 불순물처럼 끼어 있는 느낌이었다. 어떻게 해야 좋을지 몰라 눈만 굴려대는데, 아자젤이 나를 보며 말했다.

"제가 풀벌레를 진짜 좋아하거든요. 가끔씩 광합성을 끝내고 달빛이 내리쬐는 숲에서 가만히 쉬고 있으면, 풀벌레들이 곁에 다가와서 찌르륵찌르륵 예쁘게 울어주는데… 그게 얼마나 기분 좋은지 몰라요."

나는 아자젤의 말에 두 눈이 동그랗게 뜨였다.

"광합성이요? 안드로이드가 광합성을 해요?"

"네. 파란 피 타입 1세대들의 특징이죠. 제조 수량이 많지 않아서 지금은 저밖에 안 남은 것 같지만요."

"오오? 아자젤 씨도 파란 피 타입이에요? 저도 파란 피 타입인데!"

"대충 짐작했어요. 4세대? 맞죠?"

"오오오오! 우와, 신기하다, 어떻게 알았어요? 얼굴만 보고도 그런 걸 알아요?"

아자젤과 한참 흥미로운 대화가 이어지려는 찰나, 차가운 얼굴을 한 달이 아자젤과 나 사이에 쑥 끼어들었다.

"어이, 풀벌레. 대화는 짐부터 풀고 나서 해."

아자젤이 시원스럽게 웃으며 달의 어깨를 톡톡 두드렸다.

"어린 안드로이드한테 너무 무섭게 그러지 마, 달. 그럼 난 오늘 자 보고서를 마무리해야 해서 이만 가볼게. 그럼 또 봐요, 풀벌레 씨."

"아, 예. 안녕히 가세요, 아자젤 씨."

아자젤은 달과 한 번 더 깊은 포옹의 인사를 나누고는 자리를 떠났다. 달은 트럭 뒤쪽으로 이동해 닫혀 있던 짐칸의 뚜껑을 열고 옷가지가 담긴 상자 두 개를 꺼내 내 팔 위에 턱턱 얹어놓았다. 그러고는 라탄 바구니를 들어 보이며 무표정한 얼굴로 말했다.

"나는 이 아이를 데리고 가야 해서. 이 정도는 충분히 혼자 들수 있지?"

그렇게 말한 달은 홱 돌아서 홀로 총총 여관 건물로 들어갔다. 미묘하게 평소와 달리 찬바람이 부는 것 같은데, 나의 착각이려나? 나는 잰걸음으로 재빨리 달의 뒤에 따라붙었다.

카운터에서 체크인을 마친 달은 내가 들고 있던 옷가지 상자를 하나 가져가며 '1230호'라고 짧게 말했다. 엘리베이터에서 내려 함께 12층에 도착했을 때, 달은 아무 말 없이 혼자 1204호로 쏙 들어가버렸다. 나는 잠시 1204호 앞에 멀뚱히 서 있다가, 문에다 대고 '잘 자'라고 말한 다음 1230호 쪽으로 이동했다.

나는 얼음이 가득한 욕조에 들어가 누워 있었다. 모래 바람으로 인해 오염된 외피를 씻어낼 필요도 있었지만, 잔뜩 열이 올라 있던 온몸의 예민한 기운을 차분하게 가라앉히는 데에 이만한 것이 또 없었다. 마치 인간이 온욕으로 피로를 푸는 것과 비슷하다고나 할까. 나는 머리끝까지 얼음물 속에 푹 담그고 13초를 센 다음, 벌떡 몸을 일으켜 밖으로 나왔다. 기분이 무척이나 상쾌했다.

달과 여정을 시작한 이후 계속 비가 내렸는데, 이 성채에 도착한 후로 하늘이 거짓말처럼 맑게 개었다. 나는 가운을 걸쳐 입고 터덜터덜 창가로 향했다. 검푸른 하늘의 중천에 떠올라 있는 보름달은 왠지 내가 기억하고 있는 모습보다 훨씬 더 가까이에 있는 듯 무척 커 보였다.

갑자기 밤바람을 맞고 싶어진 나는 삼각 지붕의 집에서 국화꽃 씨앗과 바꿔가지고 온 헐렁한 옷을 대충 걸쳐 입고 객실을 나왔다. 광장으로 내려가볼까 잠깐 고민했지만, 이내 몸을 돌려 옥상정원으로 이어진 계단에 올랐다. 나는 옥상정원에서 화려한 실루엣을 하나 발견했다.

"어? 아자젤 씨?"

내 목소리를 들었는지, 난간에 기대어 서 있던 아자젤이 우아한 움직임으로 뒤를 돌아보았다. 따스한 달빛에 휘감겨 있는 아자젤의 모습은 낮에 보았을 때보다 훨씬 더 비현실적이었다. 나와 눈이 마주친 아자젤은 웃으며 손을 흔들어주었다. 나 역시 덩달아 손을 흔들며 난간 쪽으로 다가갔다.

"안 자요?"

나의 물음에 아자젤이 재미있다는 듯 답했다.

"풀벌레 씨는 꼭 인간처럼 말하네요."

그야 저는 인간이니까요.

—라는 말이 목구멍까지 치솟았지만, 나는 그것을 꾹 눌러 삼켰다. 자신이 인간이라고 주장하는 최신형 안드로이드를—물론 나는 진짜 인간이지만—미친놈 취급하지 않는 건 아마 이 세상에 달뿐일 것이다.

"안드로이드는 원래 인간이랑 엄청 닮게 만들어진다면서요. 게다가 저는 최신형이니까, 그냥 인간이나 마찬가지라고 봐도 무방하지 않을까요? 하하하하."

"으음, 그렇군요. 납득했어요."

농담인 척 진심을 한 스푼 섞은 내 말에 아자젤은 빙긋이 웃더니 다시 난간 밖으로 시선을 옮겼다. 나 역시 아자젤을 따라 옥상 난간 너머의 세상을 바라보았다. 성채에서 가장 높은 곳에 위치한 건물의 옥상이었기에 성 내부는 물론 성 밖 사막에 부드럽게 솟아 있는 모래산의 모습까지도 한눈에 들어왔다. 유달리도 밝은 달빛 덕이었다.

아자젤이 다시 입을 열었다.

"풀벌레 씨는 메모리 데이터가 일부 소실되어 명령어를 기억하지 못한다고 들었어요. 그런데도 안드로이드로서의 자의식이나 자존감은 매우 뚜렷해 보여요. 혹시 다른 힘든 점은 없나요?"

아자젤은 벌써 달과 나에 대한 이야기까지 나눈 모양이다. 하긴, 워낙 친근한 사이니까 당연하다면 당연하려나. 나는 가만히 팔짱을 끼고 서서 생각을 정리해보았다.

"조금 혼란스러운 면이 있긴 한데…. 오히려 그래서 이곳에 빨리 적응을 한 것 같아요. 달을 따라다니다 보면 어떻게든 되지 않을까, 그런 마음이라서. 사실 저보다는 달이 훨씬 힘들걸요? 몸도 성치 않고, 자기 할 일만으로도 버거울 텐데, 도움 하나 안 되는 짐까지 하나 더 늘었잖아요."

나는 '짐'이라고 말하면서 내 얼굴을 가리켰다. 아자젤은 손가락에 턱을 괴고서 나를 빤히 바라보았다.

"으음, 그런 생각을 했군요. 하지만 너무 미안해하지 않아도 돼요. 자기보다 어린 개체를 돕는 것은 달이 가진 특성 중 하나거든요."

"특성이요?"

아자젤은 고개를 끄덕였다.

"안드로이드를 명령에 특화시키기 위해 인간들이 넣어둔 모조 인격 설정이에요. 달은 태어난 지 얼마 안 된 풀벌레 씨를 돌보고 있어서 평소보다 기분이 좋은 상태일 거예요. 특성으로 설정한 모조 인격의 활성화율이 높을수록, 안드로이드의 사고방식은 긍정적인 방향으로 변한답니다."

"오, 그런 기능이 있나요? 아자젤 씨는 정말 아는 게 많네요."

아자젤은 건물 아래쪽으로 시선을 옮기며 긴 머리카락을 이마 위로 쓸어 올렸다.

"요즘 우울증 같은 정신병 증세를 보이는 안드로이드가 늘고 있어서 말이죠. 이 방향의 연구가 훨씬 더 많이 필요한 상황이에요. 위험한 화학 약품을 쓰는 안드로이드도 늘고 있는데, 풀벌레 씨는 안 그러겠죠?"

그 물음에, 오늘 아침 성문에서 벌어졌던 자해 소동이 생생하게 떠올랐다. 어쩌면 그 녀석 또한 피톤의 광신도들과 비슷한 정신 상태였는지도 모른다. 삶의 목표를 잃고, 대답 없는 주인을 기다리며, 밀려오는 허무함과 우울감을 견디지 못해 끝내 미쳐버리고 마는 안드로이드의 자기 파괴적 최후란 건, 바로 그런 거겠지?

나는 갑자기 불안한 마음이 들었다. 명령어 수행 최종 보고를 마친 달이, 수많은 안드로이드의 잔해로 이루어진 무덤 위에 멍한 얼굴로 주저앉는 모습이 눈에 선히 보이는 것만 같았다. 이미 한 번 달을 버린 주인이다. 그런 주인이 달의 보고에 답을 해줄 가능성은 무척 희박할 거라고 생각한다. 끔찍한 기분이 들었다. 나는 주먹을 꽉 움켜쥐며 아자젤의 물음에 힘주어 답했다.

"난 안 그래요, 절대로. 그리고 내 소중한 친구가 그렇게 되도록 내버려두지도 않을 거예요. 그깟 인간이 정해준 명령어 따위가 뭐라고! 인간 놈들, 도대체 왜 연락을 안 하는 거야? 나쁜 자식들!"

흥분해서 떠들어대는 나를 흥미로운 눈빛으로 바라보며 아자젤이 말했다.

"풀벌레 씨는 진짜 인간인가 봐요?"

"네?"

"달이 그러던데요. 풀벌레 씨가 스스로를 인간이라고 한다고요."

"아."

나는 잠시 말문이 막혔다.

스스로 나를 인간이라 생각하는 것과는 별개로 아자젤의 이 물음에 뭐라고 대답해야 좋을지 쉽게 판단이 서지 않았다. 이건 내가 인간이라는 사실을 인정한다는 의미인 걸까, 아니면 인간과 정말 흡사해 보인다는 안드로이드식 칭찬인 걸까, 아니면 내가 모르는 다른 꿍꿍이가 있는 질문인 걸까. 쉽게 대답을 하지 못하고 버벅대고 있자 아자젤이 피식 웃음을 지으며 손을 휘휘 내저었다.

"당황했다면 미안해요. 농담이었어요. 너무 아무렇지 않게 인간을 욕하는 모습이 신기해서. 이러니저러니 해도 난 여전히 그들을 위해 충성하니까요. 아이러니하게도."

그 말을 듣고 보니 지금까지 인간을 욕하는 안드로이드를 본적이 없었다. 달 역시 불합리한 상황에서 답답해할지언정 인간에 대해 부정적인 말을 내뱉은 적은 없었다. 심지어 인간 때문에 미쳐버린 피톤의 광신도들에게도 인간을 혐오하는 내용의 교리는 전혀 없다지 않은가.

"이런, 내가 실수를 했네요. 기분 상하게 했다면 미안해요, 아자젤 씨."

"오, 아니에요. 솔직히 좀 부럽던데요?"

아자젤은 그렇게 말하며 밝게 웃었다. 달빛에 반사되어 빛나는 아자젤의 긴 속눈썹이 내 쪽을 향했다. 그리고 잠시 후. 황금 빛으로 빛나던 아자젤의 홍채가 주황빛으로 붉게 물드는 것이 보였다. 마치 눈동자 속에서부터 피가 번져나가는 듯한 모습에 나는 소름이 돋아 움찔 한 걸음 뒤로 물러섰다.

"인간은 참 잔인해요. 그렇죠?"

아자젤의 표정은 어느새 차갑게 굳어 있었다. 그가 말하는 인간이라는 것이 한때 지구를 지배했던 고지능의 영장류 무리를 뜻하는 것임을 알고 있음에도, 마치 나를 직접적으로 힐난하는 것만 같아서 갑자기 숨이 막혀왔다.

아자젤은 그런 나를 무심하게 바라보다가 휙 고개를 돌렸다.

"오늘도 저기에 있네. 여전히 바다를 그리워하나."

아자젤의 긴 손가락이 가리킨 성채의 벽 위에 누군가 올라앉아 있는 뒷모습이 작게 보였다. 끝이 안쪽으로 살짝 말린 바가지 머리를 한 평범한 뒷모습일 뿐이었는데도, 나는 그것이 누구인지 한눈에 알아볼 수 있었다. 나도 모르게 입가에 미소가 맴돌았다.

"달 녀석은 왜 바다를 그리워하죠?"

"그야…."

대답을 하려던 아자젤이 나를 보더니 말을 끊고 어깨를 들썩여 보였다. 아자젤의 눈은 원래의 색으로 돌아와 있었다.

"궁금하다면 본인에게 직접 들어보세요."

아자젤에게 인사를 건네고 옥상정원에서 내려온 나는 여관을 나와 성벽 쪽으로 이동했다. 한 걸음, 두 걸음. 발걸음이 조금씩 빨라지다가, 중앙 광장 즈음에 이르러서는 바닥을 통통 내딛으며 뛰었다. 그리 멀지 않아 보였는데 왜 이렇게 오래 걸리는 것 같지? 차라리 옥상에서 바로 뛰어내릴 걸 그랬나 보다. 튼튼해서 별로 다치지도 않을 것 같고 그럼 시간도 훨씬 단축되었을 텐데.

실없는 생각을 하며 좁은 골목을 요리조리 전속력으로 달리다 보니, 금세 달이 앉아 있는 성벽 바로 아래까지 도착했다. 그런데 너무 달 하나만 보고 아무 생각 없이 달려온 바람에 생각지도 못한 문제에 봉착하고 말았다. 성벽 위쪽 길로 이어져 있는 돌계단이, 현재 위치에서 백여 미터 정도 떨어진 곳에 있었던 것이다.

시간이 조금 더 걸리더라도 돌아서 원래 길대로 올라갔을 수도 있었을 텐데, 나는 왠지 그 짧은 시간조차 아까워서 껑충 뛰어 벽체에 매달렸다. 인간의 몸이었다면 감히 시도도 하지 못했을 테지만, 지금 내 몸은 안드로이드이지 않은가! 나는 가공할 악력과 전신의 근력을 이용해 거미처럼 성벽을 기어올랐다.

소리를 내지 않고 조심조심 기어오른 덕분인지 달은 여전히 뒤에 누군가 있다는 사실을 전혀 눈치채지 못한 것 같았다. 나는 조심스레 손을 뻗어 달의 어깨를 톡 건드리며 이름을 불렀다.

"달."

"아, 깜짝이야!"

달이 많이 놀랐는지 크게 움찔하며 황급히 뒤를 돌아보았다. 그와 동시에 찰랑이며 흔들린 달의 머리카락이 일제히 빛을 발산하기 시작했다. 나는 눈을 하도 크게 떠서 안구가 튀어나올 지경이었다. 쏟아지는 달빛을 머금은 채 스스로 빛을 내고 있는 달의 머리카락은 마치 검은 하늘에 나풀대는 푸른 비단처럼 보였다.

"너 머리가 빛나."

나는 그만 넋을 잃고 멍청이 같은 얼굴을 한 채 달에게 말했다. 달은 자신의 옆 머리카락을 눈 근처로 잡아끌더니 신기한 듯 웃었다.

"와아, 이거 정말 오랜만에 봐!"

"오랜만에 보다니? 그 머리?"

"응. 이것 봐. 머리카락이 냉광을 뿜고 있어!"

"이런 걸 냉광이라고 해?"

"응. 한번 만져볼래? 빛인데도 열이 발생하지 않아서 차가워. 물론 내 맘대로 빛을 조절할 수 있는 건 아니지만."

달이 내 손을 덥석 잡아끌더니 자신의 머리카락에 살포시 얹었다. 손에 닿은 달의 머리카락에서는 정말로 아무런 열기도 느껴지지 않았다. 다만 내 손가락이 닿은 부분의 푸른 농도가 진해지는 것이 뚜렷이 보였다.

그 순간 나는 머릿속에서 어떤 이미지를 떠올렸다.

내가 직접 겪었던 것인지 영상으로 봤던 것인지 정확하지는 않지만, 둥근 달이 떠올라 있는 새까만 밤, 작은 배 위에서 온 바다가 푸른빛으로 가득 차 있는 모습을 본 적이 있다. 그 물에 손을 담그고 물장구를 치면 푸른빛은 파도처럼 뭉쳐 더욱 선명한 빛을 내뿜곤 한다.

나는 기억 속의 이미지를 따라 달의 머리카락 사이에 손가락 넣고 길게 쓸어보았다. 선명한 푸른빛이 내 손가락을 타고 파도처럼 움직였다. 나는 작게 탄식했다.

"네 머리카락이 바다였구나. 바다를 그리워할 수밖에 없었겠어."

나의 중얼거림에 달은 놀란 듯 말했다.

"어떻게 알았어? 내가 지금 바다 생각을 하고 있는 걸."

"정말? 지금 바다 생각하고 있었어?"

"응. 진짜 어떻게 안 거야?"

굳이 따지자면 옥상정원에서 아자젤이 준 힌트가 컸지만, 나는 그 이야기는 살짝 숨긴 채 조금 허세를 부려보고 싶었다.

"모르고 싶어도 모를 수가 없지. 네 얼굴에 그렇게 대문짝만

하게 '바다'라고 쓰여 있는데."

그 말을 들은 달이 손으로 입가를 가리며 주춤했다. 내가 의아한 눈빛으로 질문을 대신하자, 달은 자신의 상식으로는 도저히 이해할 수 없다는 듯 말했다.

"풀벌레, 너, 순간 주인님 같았어."

"주인님 같았다고? 왜? 어떤 부분이?"

달의 눈동자가 밤바다에 흐드러진 달빛처럼 반짝였다.

"내 얼굴에 '바다'라는 글자가 써 있다고 말해줬던 건 주인님뿐이거든. 너도 정말 내 얼굴에서 글자가 보여? 지금까지 만났던 수많은 안드로이드 중에서 그 글자를 봤다는 개체는 단 한 기도 없었단 말이야!"

당연하다. 진짜로 글자가 쓰여 있는 것은 아니니까. 상대의 분위기나 표정 같은 것을 보고 속마음을 추론하는 것을 비유적으로 그렇게 표현하는 것이지만, 그 말을 문자 그대로 해석한 다음 신기해하는 달이 귀여웠고, 또 이 상황이 재미있기도 해서 나는 굳이 설명을 덧붙이지 않기로 했다.

"안 돼. 이건 중요한 기밀이라서 함부로 말할 수 없어."

"기밀이라고? 그럼 너 혹시, 명령어가 생각난 거야? 아니면…."

"아니면?"

"진짜로 인간이야?"

지금까지 내가 인간이라는 말을 할 때마다 깔깔거리며 웃기만 하던 달이 이번에는 진심으로 의문을 갖게 된 듯 진지한 얼굴로 물었다. 오히려 '당연하지!'라고 자신 있게 대답하지 못한 것은 나였다.

"솔직히 말하면, 나도 이제 좀 헷갈려."

"왜? 혹시 내가 널 혼란스럽게 했어?"

걱정스럽게 묻는 달을 향해 나는 급히 손을 내저어 보였다.

"아냐, 그런 거. 그냥 나 스스로 확신이 사라진 거야. 처음에는 위화감이 엄청났던 이 몸도 어느새 받아들이게 되었고, 내 머릿속에 남아 있는 기억들이 정말로 내 것인지, 누군가에 의해 입력된 것은 아닌지, 좀 의심스러워지기 시작했거든."

"너도 그런 고민을 하는구나."

"당연하지. 나는 반인반안이니까."

"반인반안?"

"반은 인간, 반은 안드로이드."

"뭐어?"

어이가 없다는 듯 달이 고개를 절레절레 내저었다.

"너는 꼭 그렇게 말을 줄여서 하더라?"

"원래 인간은 별 걸 다 줄여서 말해."

"치, 헷갈린다더니. 사실은 인간이라고 생각하나 보네? 대체 어느 쪽이야?"

달이 투정부리듯 눈을 가늘게 뜨고 입술을 삐죽 내밀었다. 나는 슬쩍 너스레를 떨며 이야기의 방향을 틀었다.

"달아, 지금 그게 중요한 게 아니야. 이건 여관에서부터 계속 물어보고 싶었던 건데, 여기 앉아서 바다에 대해 무슨 생각을 하고 있었어? 놀러 가고 싶다는 생각? 헤엄치고 싶다는 생각?"

내 물음에 달은 후후 웃었다.

"물론 물에 들어가는 건 좋아하지만, 지금은 다른 작업 중이야."

"작업?"

"응. 메모리에서 삭제할 과거의 데이터를 고르고 있었어."

"과거의 데이터…. 기억을 지운다고? 왜?"

"왜긴. 메모리가 거의 다 찼으니까 덜 중요한 것부터 지워야지. 이젠 구형 안드로이드의 외부 기억 장치 수급도 원활하지 않고…. 알아서 정리해야 하잖아."

달의 얼굴을 보니 또 이 세계에서는 너무 당연한 일에 대해 문외한처럼 물어본 모양이다.

"하긴 인간의 뇌는 이 메모리를 자동으로 골라서 삭제해준다며? 아, 정확히는 삭제가 아니라, 에너지를 거의 소비하지 않는 형태로 변환해서 특정 영역에 따로 보관한다던가? 하여튼 정말

대단한 것 같아. 최신형인 너도 인간이랑 엄청 비슷하게 작동하는 것 같고."

"뭐…. 시스템 자체야 효율적이라고도 할 수 있지."

문제는 중요한 건 쉽게 까먹고, 중요하지 않은 건 자세히 기억하는 경우가 꽤 많다는 점이다. 나도 지금 뇌에게 묻고 싶다. 도대체 무슨 효율을 위해서 과거의 기억을 전부 날려먹었느냐고.

달이 말했다.

"명령어 수행에 크게 유용하지 않은 옛날 기억은 전부 지워야 할까?"

"어떤 기억인데?"

내 질문에 달은 머리카락을 매만지며 할 말을 고르는 듯이 보였다. 짙은 검푸른 하늘 아래, 달의 손가락을 따라 푸른 머리카락이 파도쳤다.

"나는 원래 해저를 탐사하던 로봇이었어. 주인님은 해양생물학자였고."

달의 과거 이야기에 나는 귀가 쫑긋해졌다. 달은 자신의 팔을 내려다보며 계속해서 말을 이어갔다.

"몸도 원래는 이런 형태가 아니었어. 당연히 지금보다 레벨도 낮았지. 업사이클링 센터 24호점에서 만났던 왕거미 91호 생각나? 굳이 따지자면 그 녀석이랑 비슷하게 생겼었어. 대신 몸이 훨씬 납작하고 다리는 여섯 개였지. 앞발은 집게처럼 사용했고. 이렇게."

달은 양손의 검지와 중지를 가위처럼 까딱까딱하더니 내 옷을 붙잡아 당겼다. 겨우 손가락 두 개에 붙잡혔을 뿐인데 붙잡는 힘이 어찌나 좋은지 몸이 앞으로 기우뚱할 정도였다.

"바다 속에 있을 때도 일 엄청 잘했겠는데?"

나의 칭찬에 달은 배시시 웃었다.

"내가 가장 처음 한 일은 몇 날 며칠이고 심해를 돌아다니는 거였어. 쏟아지는 마린 스노우 사이에서 반짝이는 발광 생명체를 만나기라도 하는 날은 무척 운이 좋았지. 그렇게 나는 몇 번의 해구 탐험 끝에, 열수분출구에 있는 생물 채집에 동원되었어."

"그때를 다 기억해?"

"물론 내 의지로 기억하게 된 건 아니야. 무슨 이유에서인지 프로젝트는 종료되었고 나는 인간형 안드로이드로 개조되었거든. 메모리에는 기존 탐사 기록이 그대로 다 남아 있었어. 그렇게 내가 상위 레벨의 인공지능을 가지고 다시 눈을 떴을 때, 주인님은 나를 안고…, 울었어."

달은 마지막 말을 조금 어렵게 꺼냈다. 나는 계속 달의 이야기에 귀를 기울였다.

"내가 태어난 곳은 지구에 몇 남지 않은 셸터이자 연구소였는데, 거기서 적응 훈련을 받는 동안 주인님과 함께했던 것이 안드로이드로서의 내가 가지고 있는 주인님에 대한 첫 기억이자 마지막 기억이야. 훈련이 종료된 다음엔 방호복을 입은 사람들의 안내에 따라 셸터 밖으로 내보내졌거든. 그 후로 나는 입력된 명령어대로 14만 4천 개의 살아 있는 희귀 씨앗을 찾는 일에 몰두했어. 세상에는 각종 임무에 동원된 안드로이드들이 다양한 사회를 이루고 있었고, 나는 시행착오라는 걸 겪어가며 이 세상에 적응하게 된 거야."

흥미로운 이야기였다. 하지만 조금 괴리감이 느껴지는 부분이 있었다. 달이 해준 것은 분명 과거 이야기일 텐데, 오히려 내게는 까마득히 먼 미래처럼 느껴지는 것이었다. 어쨌든 지금 중요한 건 그런 게 아니다.

나는 달을 바라보며 물었다.

"찾아야 하는 씨앗 중에 파란 장미도 있어?"

달은 놀란 눈으로 나를 바라보았다가 이내 납득한 듯 고개를 끄덕였다.

"아자젤이랑 이야기하는 걸 들었구나? 맞아, 찾아야 하는 마지막 씨앗들 중 하나야."

"그래서 어린왕자 오아시스라는 곳에 가야 한다는 거지? 참,

아까 출입구 관리자가 그러던데 우리 새끼 악어도 거기 출신이
라며?"

"응."

그렇게 말하며 달은 옆의 바닥을 손가락으로 가리켰다. 그곳
에는 달빛을 맞으며 엎드려 잠든 새하얀 새끼 악어가 있었다.
달이 머리 위쪽을 쓰다듬어주자, 녀석은 앞으로 목을 쭉 빼며
축 늘어졌다. 팔자 놓은 녀석.

달이 다시 나를 보며 말했다.

"어쨌거나 우리 셋 다 목적지는 같아. 나는 씨앗을 찾아야 하
고, 이 아이는 고향으로 돌아가야 하고, 너는 이르모스를 만나
야 하고."

"이르모스도 어린왕자 오아시스에 있어?"

"이런, 내가 말을 안 해줬구나. 이번 시즌에 현신한 이르모스
의 코드명이 어린왕자야."

"아아."

그 말을 듣는 순간 갑자기 묘한 기분이 들었다. 아직 얼마 되
지 않은 것 같은데, 아니, 실제로 계절의 순환을 다 보기도 전인
데 우리의 여정이 끝날 거라니. 왠지 현실감이 잘 느껴지지 않
았다. 한편 걱정스러운 마음도 들었다. 씨앗을 찾는 명령어를
완수하고 난 달은 앞으로 어떤 삶을 살게 될까. 혹시나 삶의 목

표가 사라진 후 허무함과 우울함에 사로잡히고 만 불행한 녀석들처럼 고통받게 되는 것은 아닐까.

"달아, 씨앗을 다 찾은 다음에 뭔가 계획이 있어?"

"계획이랄 것까진 없어."

"그래? 그럼 난 어떡하면 좋지."

"왜?"

나는 아자젤에게서 전해 들었던, 달의 특성을 건드릴 만한 이야기의 초석을 깔았다.

"막막한 생각이 들어서. 난 여전히 주인이 누군지도 모르겠고, 명령어도 기억 안 나. 프로젝트가 중단되어서 출고 전에 버려졌으니까 아예 입력된 명령어 자체가 없을 수도 있겠다. 그럼 이제 여기서 어떻게 살아가야 할까? 심지어 난 태어난 지 얼마 안 된 어린 안드로이드인데."

내 말에 달이 고개를 갸우뚱거렸다.

"갑자기 왜 그러는 거야? 넌 명령어를 스스로 설정할 수 있잖아."

나는 입술을 삐죽였다.

"지금이야 그렇지. 하지만 네가 명령어를 완수한 다음에 나 혼자 남겨지면? 아직 이 세상 돌아가는 것도 잘 모르겠는데, 혼자서 뭘 설정해야 할지 전혀 감도 안 잡힌단 말이야. 생각해봐.

내 첫 명령어도 너를 돕는 것이었어. 네가 없었으면 난 이곳에서의 삶을 시작조차 하지 못했을걸?"

달의 눈빛이 살짝 변한 것처럼 보였다.

"왜…. 혼자 남겨질 거라고 생각해?"

"그럼 날 혼자 두고 떠나지 않을 거야? 계속 나를 돌봐주고 지켜줄 거야? 명령어를 완수해도, 주인으로부터 새 명령어가 내려오지 않더라도, 지금처럼 계속 내 곁에 있어줄 거야?"

달은 곧바로 대답하지 않았다. 선택에 따라 어떤 득실이 있을지 계산해보고 있는 중일지도 모른다. 나는 달이 무슨 생각을 하는지 가늠조차 할 수 없었다. 그렇다고 가만히 앉아서 달의 계산이 끝나기만을 기다릴 수도 없었다. 그렇다면 협상을 해야만 했다. 내 곁에 있겠다는 선택지를 골랐을 때에 충분한 메리트가 될 수 있을 만한 무언가를 제시하면서.

"나에게는 은혜를 갚고 싶어 하는 특성이 있어. 그러니까 네가 내 곁에 있어준다고 하면, 난 너와 함께 바다에 가는 명령어를 설정할 거야. 지금 아까워서 쉽게 지우지 못하고 있는 바다 속의 기억들, 전부 다 지워도 괜찮아. 나랑 다시 가서 채우면 되니까. 지구에서 가장 깊은 해구든, 지구에서 가장 뜨거운 열수분출구든, 너의 메모리에서 그 데이터가 지워질 때마다 다시 기억할 수 있도록 도와줄게. 그러니까, 계속 같이 있자."

달의 입술이 살짝 벌어졌다. 이윽고 달은 커다란 두 눈을 깜빡이며 살짝 고개를 숙였다.

"뭐라고 표현해야 할지…, 잘 모르겠어."

망설임이 가득한 목소리다. 이대로 거절당하는 건가. 그렇다면 어쩔 수 없지.

나는 겸허히 고개를 끄덕였다. 그때 달이 다시 나를 바라보며 해맑은 목소리로 대답했다.

"그런데 그렇게 하고 싶어! 그렇게 할게!"

나는 어안이 벙벙해졌다.

"진짜?"

"응. 그래서 지금 바다의 기억을 모두 지우기로 했어."

내 얼굴에 절로 웃음꽃이 활짝 피었다.

"정말이지? 그럼 손 이리 줘봐!"

"손은 왜?"

달이 의아해하며 손을 내밀었다. 나는 달의 손을 덥석 붙잡으며 말했다.

"이렇게 악수하면서 계약을 확정하는 거야."

"아, 이런 거 본 적 있어."

"그럼 더 잘됐네. 자, 이렇게 위아래로 흔들면 계약 성립이다? 이건 손가락을 거는 약속보다 훨씬 공식적인 거야. 합의 전에는 절대로 못 되돌려."

"응, 알겠어."

나는 달의 손을 붙잡은 채로 하아 하고 긴 한숨을 내뱉었다. 물론 나의 불투명한 미래가 문제의 일부─아니 대부분─이긴 하지만, 적어도 달이 이상한 길로 빠지지 않을 수 있도록 제동 장치를 하나 걸어둔 것 같아서 어쩌나 안심이 되던지. 자꾸만 감출 수 없는 웃음이 입술 사이로 새어나왔다. 그렇게 실실거리 며 웃는 나를 향해 달이 진지한 표정으로 말했다.

"풀벌레. 너에게 할 말이 있어."

"응, 뭔데?"

"지금 확실하게, 너를 믿을 수 있을 것 같다고 판단했어. 전에 해주기로 했던 말을 하기에 적합한 시기인 것 같아."

그 순간, 나는 삼각 지붕의 집에서 달과 나눴던 대화를 떠올 렸다. 달에게는 새 몸으로 갈아탈 수 없는 사정이 있으며, 그 사 정에 대해서는 언젠가 적합한 때가 되면 이야기해주겠다고 했 던 말. 어떻게 이렇게 빨리, 그리고 정확하게 그때의 대화를 떠 올렸는지는 모르겠지만, 적어도 달과 관련된 일에 있어서 내가 기억 때문에 헤매는 일은 없었다.

"사실 내겐 명령어가 하나 더 있어."

"그래? 어떤 건데?"

"그게 어떤 건지는 나도 몰라. 볼 수가 없거든."

"왜?"

달이 몸을 돌려 나를 등지고 앉았다. 그리고 손가락으로 등을 가리키며 말했다.

"주인님께서는 이곳에 내 마지막 명령어를 적어놓았다고 하셨어."

"등? 그럼 거울로 직접 보면 되잖아."

"그건 방식에 어긋나. 정말로 믿을 수 있는 상대에게 보여준 다음, 그 상대의 입을 통해 내용을 전해 들으라고 하셨거든."

이 녀석, 충성심이 높다고 해야 할지, 융통성이 없다고 해야 할지.

"다른 안드로이드에게 부탁한 적은 없어?"

"있었어. 두어 번 정도? 근데 둘 다 아무것도 쓰어 있지 않다고 했어."

"그럼 내가 본다고 뭐가 좀 다를까?"

"너는 좀 다를지도 몰라. 넌 내 얼굴에 쓰여 있는 글자도 읽었 잖아."

그거랑은 전혀 다른 문제이긴 한데…. 나는 잠시 머리를 긁적 이다가 결국 고개를 끄덕였다.

"알았어. 그럼 보고 말해주면 돼?"

"응. 부탁할게."

달은 내게 등을 보이고 앉은 채로 옷자락을 끌어당겨 상의를 벗었다. 달의 등에는 빛나는 머리카락과 같은 푸른색의 선명한 글자가 가득 차 있었다. 아무래도 그 글자는 달의 머리카락과 마찬가지로 평소에는 평범한 피부 상태였다가, 발광이 시작되면 글자의 형태로 빛을 내는 것 같았다.

나는 그 글자를 한눈에 알아보았고, 쉽게 읽을 수 있었다. 하지만 그 내용을 입에 담을 수는 없었다. 내가 영 입을 뗄 기미를 보이지 않자 달은 조금 초조해진 모양이었다. 나를 힐끔힐끔 돌아보던 달이 재촉하듯 물었다.

"보여? 뭔가 있어?"

"응…. 꽤 기네."

"얼마나 더 기다리면 될까?"

"일단… 옷 입어."

달은 재빨리 상의를 다시 걸쳐 입고 나를 돌아보았다. 커다란 두 눈이 기대감으로 반짝였다. 나는 두꺼비처럼 입을 꾹 다물고 있다가 천천히 입을 떼었다.

"일단… 내용을 캡처는 해놨어. 머릿속에다가."

"어? 지금 말 안 해줄 거야?"

"그게…. 지금은 좀 어려워. 이 문자가 공용문자로 쓰이던 건 아니었거든."

"아하, 그래서 해석을 해야 되는 거구나?"

"그, 그렇지."

반은 맞고 반은 틀린 말이었다. 공용문자로 쓰였던 것은 아니지만 못 읽는 문자도 아니었으니 해석이 따로 필요하지는 않았다. 다만, 이 내용을 어떤 방식으로 어떻게 전달해야 좋을지 생각을 정리할 시간이 필요했다.

나는 작게 헛기침을 하며 자리에서 일어났다.

"크흠, 그럼 남은 작업, 잘 마무리해. 난 먼저, 들어가서 쉴게. 그, 절전 모드."

"응. 알겠어."

달은 점점 빛을 잃어가는 머리카락과는 정반대로 환하게 웃으며 손을 흔들었다. 나는 고개를 한 번 끄덕여 보이고는 급히 달에게서 돌아서서 성벽 길을 따라 잰걸음으로 이동했다. 어느 정도 큰 문제가 해결되었다고 생각했는데, 이렇게나 풀기 어려운 고난도의 문제가 기다리고 있었을 줄이야.

하지만 낙담하고 있을 수만은 없었다. 이런 유명한 말도 있지 않은가.

'우리는 답을 찾을 것이다. 언제나 그랬듯이.'

나는 어디서 보았는지 모르겠지만 유독 또렷하게 기억에 남아 있는 그 문구를 몇 번이나 되뇌며 뚜벅뚜벅 발걸음을 옮겼다.

⊗

아침이 밝은 후, 우리는 출입구 관리자에게 퇴장 허가를 받았다. 다시 길을 떠나기 위해 필요한 물품들도 챙겼다. 옷가지와 몇 가지 수리 도구, 새로이 꽉 채운 물통들, 그리고 새끼 악어를 위한 새로운 단백질 식품까지도.

"이것도 싫어? 왜 이렇게 안 먹는 거야?"

시장에 들를 때마다 반려동물 기호성이 높기로 유명한 단백질 식품을 종류별로 다 사보았지만, 새끼 악어는 아무것도 먹으려 들지 않았다. 입가에 가져다주면 아예 고개를 휙 돌려버리는 수준이었다.

달이 시무룩한 얼굴로 내게 말했다.

"이 녀석, 오늘도 물밖에 안 먹었어."

"배고프면 먹겠지."

"그런가. 배가 안 고픈 건가. 어쨌든 날이 맑아졌으니까, 이동하는 동안 일광욕이라도 할 수 있게 바구니를 열어둘까 하는데. 괜찮지?"

"응."

"그러고 보니 이 녀석과도 꽤 오래 함께 생활했는데, 이름이 없네. 원래 이름을 모르니까 우리가 새로 지어줄까? 처음 만났을 때 풀벌레 너를 꽉 깨물었으니까, 깨물이. 어때?"

"응. 귀엽다."

나는 짧게 대답하며 정리한 물품 상자를 트럭에 옮겨 실었다. 약간 떨어진 곳에서 나를 지켜보고 있던 달이 조심스레 물었다.

"화났어?"

"응? 아니."

트럭 앞쪽으로 이동하려던 나는 잠시 걸음을 멈췄다. 뒤를 돌아보고, 관자놀이에 손을 대고, 미간을 살짝 찌푸렸다가, 다시 달과 눈이 마주쳤을 때, 갑자기 머리가 맑아지는 기분이 들며 사고회로가 활짝 열렸다.

"아…. 미안해. 나 지금 딴 생각에 너무 집중하고 있었나 봐."

의아한 표정으로 다가온 달이 내 몸을 위아래로 쭉 스캔하더니 깜짝 놀랐다.

"너 어젯밤에 절전 모드 안 했어? 약간 과열된 것 같은데?"

"과열? 아, 그런가?"

그래. 과열될 만도 하다.

밤새 뇌를 풀가동하느라 엔진을 평소보다 몇 배는 더 빠르게 돌렸으니까.

어젯밤, 여관방으로 막 돌아왔을 즈음이었다. 갑자기, 첨단 기계의 몸이라면 인간과는 전혀 다른 방식으로 정보를 습득할 수 있지 않을까 하는 생각이 들었다. 만약 무선 네트워크 같은 것에 직접 접속해서 원하는 정보를 알아낼 수 있다면? 아이디어가 번뜩 떠오른 나는 그대로 침대에 누워 머릿속에 떠오르는 여러 가지 설정을 조절해가며 내 몸을 실험해봤다.

처음에는 머릿속의 입체 공간을 구축하는 것만으로도 벅찼지만, 나는 시스템에 금방 적응했다. 그리고 내 메모리 데이터에 남아 있는 네트워크 접속 가이드라인도 발견했다. 나는 꽉 쥔 주먹을 번쩍 들어 올렸다. 네트워크에 직접 접속할 수 있다면, 이 답답한 상황은 완전히 반전될 것이 분명했다. 그러나 가이드라인을 그대로 따라 했는데도 접속은 이루어지지 않았다. 아무래도 라우터를 통해야만 하는 것 같았다.

"풀벌레, 너 진짜 괜찮아?"

달이 걱정스럽게 물었다. 나는 고개를 끄덕였다.

"어. 잠깐, 여러 가지 생각이 한꺼번에 몰려들어서 그랬어."

"어딘가 부하가 걸렸나? 그럼 떠나기 전에 멘탈 케어 센터라도 들러볼래?"

"멘탈 케어? 그런 것도 있어?"

"응. 안드로이드들이 이 성채를 많이 찾는 이유 중 하나야.

저기."

달이 가리킨 방향으로 시선을 돌리니 십자가가 달린 첨탑이
하나 보였다. 마치 교회나 성당 같은 외관의 고풍스러운 건물이
었다.

달이 말했다.

"하드웨어적으로 문제가 없는데도 뇌 사용에 부하가 걸릴 때
한 번쯤 들러보면 좋대. 아자젤이 관리하고 있어서 믿을 만해."

"아자젤?"

그 이름을 듣는 순간, 어젯밤 옥상정원에서 있었던 오싹한 일
이 떠올라 기분이 조금 찜찜해졌다. 나는 황급히 고개를 저으며
말했다.

"아냐, 너 맨날 바쁘다고 했잖아. 가자."

"이 성채까지 예상보다 빨리 왔어. 하루 정도는 여유 있어."

"아냐, 아냐. 나 진짜 괜찮으니까, 그냥 가자."

나는 달이 들고 있던 라탄 바구니를 빼앗다시피 들고 트럭에
올라탔다. 달은 의아한 얼굴로 내 반대편 자리에 올라앉았다.

"어제는 같은 파란 피 타입이라고 서로 잘 맞는 것 같더니."

"그런 줄 알았지."

트럭이 천천히 움직이며 언덕길을 내려가 성문으로 향하기
시작했다. 거리는 이미 활동을 시작한 안드로이드들로 가득했

다. 이 중에는 정보를 얻으러 온 녀석도 있을 것이고, 물건을 교환하러 온 녀석도 있을 것이다. 나는 안드로이드들이 길게 줄을 지어 서 있는 모습도 보았다. 그리고 그 줄의 끝은 멘탈 케어 센터로 이어져 있었다.

해자의 다리로 오르기 위해 핸들을 조작하며 달이 말했다.

"그래도 아자젤과는 교류하며 지내는 편이 좋아. 아자젤이 나타난 후로 이 세상이 많이 변했거든."

"세상이 변했다고? 그 녀석이 그렇게나 영향력이 커?"

"응."

트럭이 다리에 올라서면서 바퀴와 마찰되는 바닥의 소리가 달라졌다. 달은 차분한 목소리로 말을 이었다.

"전 세대, 그러니까 아자젤이 나타나기 전. 고장이 나서 기동이 멈추거나 주인과 연락이 끊긴 안드로이드가 점점 늘면서 세상이 한동안 불안정했거든. 그때 처음 등장한 파란 피 타입의 안드로이드가 업사이클링 센터나 멘탈 케어 센터 같은 시스템을 도입했어. 안드로이드의 명령어 수행에 도움이 되는 이르모스 네트워크도 반포했고."

"그걸 한 게 아자젤이었구나."

"응. 그 시점이 이 세상의 전환기라고 할 수 있어. 많은 안드로이드가 아자젤에게 매료되어 추종자 집단을 이루기도 했지."

"그랬겠다. 그 녀석, 매력적으로 보일 수는 있겠어."

"왜? 너는 그렇게 생각 안 해?"

해자 밖의 땅으로 내려온 트럭 바퀴에서 뿌연 흙모래가 흩날렸다. 달은 아자젤에 대해 물으며 내 얼굴을 자세히 살펴고 있었다. 나는 그냥 어깨를 으쓱해 보이며 대답했다.

"그냥. 난 좀 무섭더라고."

"그래?"

"응. 친구로 지내기에는 좀 싸한 느낌이 들어."

"아…. 그렇구나. 난 또…. 괜히 착각했네."

"뭐를?"

"아니야, 아무것도."

나는 달의 옆모습을 가만히 바라보았다. 광대가 살짝 올라가 있는 것으로 보아 꽤 기분이 좋은 상태인 것처럼 보였다. 한참 운전에만 집중하던 달이 힐끔 내 쪽을 쳐다보더니 말했다.

"근데 너, 홍채 색깔 또 바뀐 거 알아?"

"또 바뀌었어?"

"응. 한동안 푸른 사파이어색이었는데 지금은 녹빛 에메랄드색이야."

나는 트럭의 사이드 미러를 쳐다보았다. 거울을 거의 들여다보지 않았기 때문에 나는 또 한층 달라져 있는 내 외형을 보고 조금 놀랐다. 머리카락도, 겉눈썹도, 속눈썹도 모두 자라나 있어서, 민둥민둥한 마네킹 같았던 처음과는 달리 제법 사람 같은 형상을 하고 있었다. 그리고 달이 말한 대로, 내 눈은 짙은 녹색으로 변해 있었다.

"이거 왜 바뀌는 건지 도통 모르겠네."

"그래? 나는 네가 일부러 바꾸는 줄 알았는데."

"아니야. 나도 왜 바뀌는지 모르겠어."

"너도 네 몸에 대해서 모르는 게 있구나?"

달의 말에 나는 입을 삐쭉 내밀며 투덜거렸다.

"태어난 지 얼마 안 됐잖아. 이 몸에 적응한 지도 얼마 안 됐다구. 눈 색깔과 관련해서는 아자젤한테 물어봤으면 좋았으려나… 아, 아니다! 괜한 생각 하지 말자."

나는 부르르 몸을 떨며 아자젤의 그 차가운 얼굴을 기억에서 애써 떨쳐냈다. 내가 몸을 흔드는 바람에 진동이 전해진 탓인지 자고 있던 새끼 악어, 일명 깨물이가 고개를 번쩍 들어 올려 나를 쳐다보았다. 순간, 나는 깜짝 놀랐다. 유리구슬 같은 깨물이의 동그란 눈이 나와 같은 녹색으로 바뀌어 있었던 것이다.

"달! 깨물이의 눈 색깔도 바뀌었어! 봐, 녹색이야!"

나는 깨물이가 담겨 있는 라탄 바구니를 달에게 들어 보이며 말했다. 깨물이의 얼굴을 확인한 달도 꽤나 놀란 눈치였다.

"진짜네? 너랑 깨물이를 이루고 있는 유기체는 같은 시스템으로 작동하는 걸까?"

"유기체? 우리 몸은 기계로 이루어진 것 아니야?"

"굳이 옛날식으로 분류해서 말하면 합성체지. 안드로이드의 핵심 기관은 기계로 되어 있지만 유기 물질로 연결되잖아. 유기 물질의 합성 여부 차이가 다른 로봇과 안드로이드의 레벨을 나누는 기준이고. 신형일수록 유기 물질의 비율이 높은 걸로 알고 있어."

나는 심해 생명체처럼 빛을 내던 달의 머리카락을 떠올렸다. 직접 본 적은 없지만 광합성을 한다던 아자젤의 이야기도 떠올렸다. 그리고 달과 만난 지 얼마 안 되었을 때 습득했던 지식, 특정 단백질을 섭취하면 머리카락이 자라난다는 정보를 기억해내면서 안드로이드를 구성하는 합성체에 대한 이해도가 소폭 상승했다.

"그럼 완충수라는 것도…. 정말로 피란 얘기야?"

달은 어깨를 으쓱했다.

"그것까지는 잘 몰라. 다만, 아자젤 전 세대의 안드로이드는 인간의 피 색깔을 흉내 낸 붉은색 액체를 완충수로 쓰고 있었어. 그런데 아자젤 이후로 파란 피 타입들이 등장하는 걸로 보아 제조 방식에 변화가 생긴 것 같아."

나는 감탄사를 내뱉으며 자동차 시트에 등을 기댔다.

"오, 그렇구나. 아직도 이 세상에 대해 모르는 게 너무 많네."

"그럴 수밖에 없지. 어린왕자 오아시스에서 이르모스를 만나면 궁금한 것들을 전부 물어보자. 내 등에 쓰인 문자에 대해서도 이르모스는 알고 있을 거야. 물론 쉽게 대답해줄 것 같지는 않지만."

끝없이 펼쳐진 모래 위에 우리가 남긴 바퀴 자국이 길게 이어졌다. 얼마나 더 가야 어린왕자의 오아시스에 도착하는 걸까? 나는 유리창 너머 저 멀리 보이는 수많은 모래의 산들을 바라보며 가만히 턱을 괴었다.

※

창밖의 세상이 변한 건 순식간이었다.

우리는 지루할 정도로 반복되어 나타나는 모래의 산을 몇 번이나 넘었다. 며칠이 지나도 변함없이 이어지는 똑같은 광경에 슬슬 시간 개념조차 흐려지기 시작할 무렵, 노랗기만 하던 시야에 갑자기 거짓말처럼 푸른빛이 가득 들어찼다.

나는 눈을 크게 뜨고 창밖을 내다보았다. 땅을 가득 채우고 있는 것은 새로이 움튼 녹색 풀과 만개를 위해 한창 준비 중인 수많은 꽃봉오리들이었다. 여행 내내 라탄 바구니 속에 죽은 듯 엎드려 있기만 하던 새끼 악어 깨물이도 자리에서 벌떡 몸을 일으켜 창밖을 내다보았다.

"저 앞에 큰 나무들 보여? 저 근처에 이르모스가 있을 거야."

달의 말에 나는 트럭의 앞 유리창 쪽으로 고개를 돌렸다. 그리 멀지 않은 곳에 우뚝 선 커다란 나무 여러 그루가 보였다. 잔가지 없이 굵직한 원통형으로 뻗어 올라간 줄기의 형태로 보아 나무의 종류는 바오밥나무로 추정되었다.

"어떻게 세상이 이렇게 갑자기 변했지? 동화에 나오는 환상의 세계 같아."

바깥세상의 모습에 완전히 매료된 나를 보며 달이 빙긋이 웃음을 지었다.

"긴 건기 끝에 찾아온 봄비를 맞고 꽃을 피운 곳이야. 이 사막은 지난 번 우기가 지나고 7년 만에 비가 왔거든. 시간을 맞추느라 조금 고생했지만, 그럴 만한 보람은 충분히 있어 보인다."

트럭은 빠른 속도로 바오밥나무 군락지에 가까워졌다.

우리는 가장자리에 있는 바오밥나무의 그늘 아래 트럭을 세우고 차에서 내렸다. 군락지의 옆쪽으로는 몇 개의 물웅덩이가 있었고, 그 주변 몇 군데에 조그마한 나무 의자와 작은 아궁이가 하나씩 놓여 있는 것도 보였다.

하지만 그 어느 곳에도 이르모스로 추정되는 자의 모습은 보이지 않았다.

"여기가 맞아? 아무도 없는 것 같은데."

내가 물었다. 달 역시 이런 상황은 예측하지 못했던 것 같다.

우리는 서로 갈라져서 주변을 둘러보기 시작했다. 나는 바오밥나무 군락지에서 조금 멀리 떨어진 지역까지 나왔다가 큼직한 네모로 구획된 넓은 땅을 발견했다. 뭔가 숨겨진 장치 같은 게 있을까 싶어 그 땅에 발을 들여놓으려는 순간, 하늘 위에서 다급한 목소리가 들려왔다.

"안 돼!"

허공을 올려다본 나는, 비둘기가 그려진 풍선을 타고 이쪽으로 날아오고 있는 작은 사람, 아니, 사람처럼 보이는 무언가를 발견했다. 초록색 옷에 주황색 스카프를 두르고 민들레 홀씨 같은 머리털을 지닌 녀석은, 내 앞쪽으로 떨어지며 바닥에 고꾸라지듯 착륙했다. 바닥에 닿은 풍선들은 비눗방울처럼 퐁퐁 터져 사라졌다.

"아이쿠, 오랜만이야. 손님…. 아니, 처음 보는 손님이네?"

조그마한 녀석은 몸에 묻은 흙을 툭툭 털며 자리에서 일어났다. 무슨 기술을 적용한 것인지 바람이 전혀 불지 않는데도 녀석의 머플러는 허공에서 계속 나풀거렸다. 나는 분명 이 특이한 녀석의 모습을 알고 있었다.

"어린왕자?"

작은 녀석은 고개를 끄덕였다.

"응. 뭔가 궁금한 것이 있어서 온 거지? 내가 알려줄게! 난 이별에 대해 많은 것을 알고 있어!"

"아, 그래, 잠깐만."

나는 작고 이상한 녀석을 앞에 둔 채 주변을 휘 둘러보며 말했다.

"같이 온 일행이 있거든. 잠깐 기다려봐, 금방 찾아서…."

"같이 온 일행? 저기 오는 저 안드로이드 말하는 거야?"

작은 녀석이 손가락으로 어딘가를 가리켰다. 언제부터 움직이기 시작한 것인지 달이 운전하는 트럭이 이쪽을 향해 빠르게 다가오고 있었다. 트럭은 네모지게 구획된 땅 근처에서 정확히 멈춰 섰다. 트럭에서 내린 달은 짐칸으로 이동하더니 커다란 삼베자루 두 개를 꺼내 양어깨에 둘러메고 이쪽으로 터벅터벅 걸어왔다.

"7년 전에 네가 요청한 대로 밀 두 자루를 가져왔어. 여기다 심을 거야?"

"응. 이 땅에 멋진 밀밭을 만들고 싶어!"

"하지만 기후 조건이 안 맞는데. 싹이 아예 안 날 수도 있어."

"괜찮아. 멋지게 자랄 거야! 여우들도 기뻐할 거고."

왠지 이 엉뚱한 녀석과는 쉽게 말이 통할 것 같아 보이지 않았다. 게다가 이 녀석이 말한 여우 역시 주변에 한 마리도 보이지 않았다. 다만, 여우와 비슷한 연한 주황색을 띠는 사막쥐 무리가 열을 이루고 서서 밀밭 주변을 서성대는 모습은 볼 수 있었다.

나는 작은 녀석에게 말했다.

"싹이 나기도 전에 저 쥐들이 다 먹어버릴걸?"

"아니야. 이곳의 여우들은 밀을 먹지 않아. 그냥 보는 걸 좋아하지."

"아니, 그러니까, 여우가 문제가 아니라 쥐가 문제라고, 쥐. 저기 봐, 저 주황색 쥐들."

"쟤들은 모두 밀밭을 보면 행복해지는 여우들이야. 걱정하지 않아도 돼."

녀석은 여전히 엉뚱한 소리만 해댔다. 달이 말했던 '괴짜'라는 의미가 이런 거였을까. 어쨌거나 이곳에 어린왕자 오아시스라는 이름이 붙은 이유는 충분히 이해하고도 남았다. 물론 이 녀석이 그 유명한 현자 이르모스인지 알 도리는 없었지만.

못 미더운 작은 녀석이 달을 향해 말했다.

"고마워, 달! 밀을 가져다준 보답으로 이 오아시스 주변에 핀 모든 꽃의 씨앗을 다 줄게! 대신 가져온 밀을 전부 다 심은 다음에 줄 거야!"

"알겠어. 네 시간 정도 기다려."

"야호, 신난다!"

달은 삼베자루를 열고 안에 든 밀을 작은 주머니 가방에 옮겨 담기 시작했다. 나는 급히 달에게로 가까이 다가가 작은 목소리로 귓속말을 했다.

"진심이야? 정말 여기다 밀을 심으려고?"

"응. 7년 전에 그렇게 하기로 약속했어. 그래서 파종기도 가져온 거야."

달이 트럭 짐칸에 놓여 있는 수많은 세라믹 상자 중 하나를 손으로 가리키며 말했다. 아무래도 그 상자 안에 조립형 파종기가 들어 있는 모양이다. 나는 조금 골치가 아파져서 머리카락을 살짝 쥐어뜯었다.

"달, 저 녀석 정말로 현자 맞아? 저런 녀석한테서 뭘 알아낼 수는 있을까?"

"그건 너의 역량에 달렸지. 나는 원하는 걸 얻기까지 7년이 걸렸지만, 넌 최신형이니까 훨씬 더 빨리 해낼 수 있을 거라 생각해. 그럼 내가 파종하는 동안 트럭에 있는 깨물이 좀 봐줄래? 밖에 나오고 싶어 하는 것 같았어."

"아, 그래…. 알겠어."

짐칸에서 파종기를 꺼내는 달을 지켜보던 나는 할 수 없이 트럭 앞쪽으로 이동해 좌석에 놓여 있던 라탄 바구니를 꺼냈다. 평소에는 바깥세상에 전혀 관심이 없던 깨물이 녀석이 웬일로 앞다리까지 쭉 펴고 주변을 둘러보고 있었다.

"여기 출신이라더니…. 고향을 알아보는 건가?"

혼잣말처럼 중얼거리며 발걸음을 옮기려던 나는 내 바로 앞에 서 있는 작은 녀석을 뒤늦게 발견하고 소스라치게 놀랐다. 나는 거의 비명을 지를 뻔할 정도로 놀랐는데, 녀석은 미동도 없이 콩알 같은 눈을 깜빡이며 나를 가만히 쳐다보기만 할 뿐이었다. 그리고 잠시 후. 그 작은 녀석은 등 뒤에 숨기고 있던 무언가를 꺼내 내 앞에서 크게 펼쳐 보였다.

"이 그림이 뭐게?"

나는 너무나도 익숙한 중절모 형태의 그림을 보고 감흥 없이 대답했다.

"코끼리를 삼킨 보아뱀."

"헉! 이걸 한 번에 알아맞힌 안드로이드는 네가 처음이야!"

"이 그림은 네가 그린 것도 아니잖아."

"어떻게 그것까지 알아? 혹시…."

작은 녀석이 골똘히 생각에 잠겼다가 갑자기 무표정한 얼굴로 내게 물었다.

"넌 인간인가?"

그 말에 나는 잠시 멈칫했다.

이 작은 녀석이 주는 기묘한 느낌, 어딘가 기시감이 느껴지는데. 갑자기 가슴 속에서 엔진 도는 속도가 조금 빨라진 것만 같았다. 콩알 같은 눈으로 내 얼굴을 뚫어지게 쳐다보던 작은 녀석은 이내 내 가슴께로 시선을 옮겼다. 내가 안고 있던 라탄 바구니 속의 깨물이를 발견한 작은 녀석의 표정이 순식간에 밝아졌다.

"장미 샘물에서 태어난 양이구나! 작고 새하얀 양!"

"양? 이 녀석은 새끼 악어잖아."

"아니야. 양이야. 배가 고픈가 봐. 밥을 줘야겠어."

작은 녀석이 내게서 라탄 바구니를 빼앗아 들더니 어딘가로 달리기 시작했다. 상황이 너무 맥락 없이 전개되는 바람에 지금 꿈을 꾸고 있는 게 아닌가 싶은 착각이 들 정도였다. 나는 다급히 녀석의 뒤를 쫓아 뛰었다. 첨벙거리는 물웅덩이와 옷깃을 스치는 갈대숲을 지나자 낮은 돌담으로 둘러싸인 작은 정원이 나타났다. 한참을 뛰던 녀석은 그제야 비로소 자리에 멈춰서 나를 돌아보았다.

"이 양은 세상에 존재하는 모든 풀을 다 먹을 수 있어. 하지만 제일 좋아하는 건 하얀 장미꽃이야."

녀석은 라탄 바구니를 바닥에 내려놓았다. 깨물이는 곧바로 바구니에서 기어 나와 재빠른 걸음으로 새하얀 장미꽃을 향해 다가갔다. 그리고 입을 커다랗게 벌리고는 코앞의 장미꽃을 통째로 삼켜버렸다. 조용히 그 모습을 지켜보던 작은 녀석이 흐뭇한 얼굴로 중얼거렸다.

"내가 만들었지만 정말 예쁜 아이야."

나는 고개를 갸웃했다. 녀석이 사용한 표현이 조금 기이하게 들렸다.

"만들었다고? 네가 저 작은 악어를?"

"응!"

녀석은 내게로 다가와 입가에 손을 대더니 작은 목소리로 속삭이듯 말했다.

"사실 이건 비밀인데. 내 문제를 한 번에 맞힌 똑똑한 안드로이드니까, 특별히 무료로 알려줄게…. 저기 장미 정원의 한가운데를 봐. 작은 분수대가 있지? 보여?"

나는 녀석이 가리키는 곳을 쳐다보았다. 장미 정원의 한가운데에 작은 물줄기가 샘물처럼 살짝 솟아오르는 부분이 눈에 들어왔다. 나는 고개를 끄덕였다.

"그래. 보여. 그런데?"

"저기가 바로 생명의 샘이야. 원하는 건 뭐든지 업그레이드할 수 있어."

"업그레이드?"

"응."

작은 녀석이 크게 고개를 끄덕이며 말했다.

"예를 들어서 네가 데리고 온 작은 양을 만들고 싶다면, 새끼 악어 한 마리를 업그레이드하면 돼. 튼튼한 재질로 만든 새 골격과 장기, 그리고 살아 있는 새끼 악어를 생명의 샘에 연결된 특수한 네모 고치에 넣고 재생성 호르몬을 주입하면 끝. 그 다음은 그냥 기다리면 돼."

작은 녀석은 분명 해맑은 목소리로 말하고 있었지만, 그것은 분명 섬뜩한 이야기였다. 나는 어금니를 살짝 깨문 채로 눈앞의 작은 녀석을 노려보았다.

"그렇게 하면…. 무슨 일이 벌어지는데?"

"아, 중간 과정이 궁금한 거구나!"

섬뜩한 작은 녀석이 밝게 웃으며 대답했다.

"재료를 모두 넣고 조금 기다리면 새끼 악어는 호르몬의 영향을 받아서 온몸이 녹아 액체에 가까운 상태가 돼. 그다음엔 내가 설정한 상태로 DNA의 형질이 변형되어 골격과 장기에 안착하지. 그럼 녹았던 액체가 새로운 유기체로 재생성되면서 세상에 하나뿐인 작은 양으로 완성되는 거야! 어때? 멋지지 않아? 내 특별한 아이들은 모두 그렇게 만들어졌어! 이 아이들은 튼튼하고, 빠르고, 똑똑하기까지 해! 게다가 오래오래 함께할 수도 있고!"

갑자기 극심한 두통이 밀려들었다.

끊겨 있는 기억 사이사이로 짧은 이미지들이 획획 지나갔다. 커다란 고치. 주사. 뜨거운 물속. 소리 없는 아우성. 갇혀 있던 벽을 깨고 나와 처음 마주한 수많은 하얀 몸체들. 그리고 선명하게 들려오는 사이렌 소리.

가브리엘 프로젝트 종료 최종 승인. 모든 실험체들을 폐기합니다.

가브리엘 프로젝트 종료 최종 승인. 모든 실험체들을―….

무언가 떠오를 듯하다가 기억은 다시 산산조각이 났다. 나는 머리칼을 움켜쥐고 있던 손을 조심스레 풀었다. 아직 온전히 가시지 않은 두통 때문에 시야가 울렁거렸다. 처음이었다. 이 몸을 갖게 된 이후 이렇게 또렷하게 아픔을 느껴본 것은.

나는 흔들리는 시야 속 작은 녀석을 향해 물었다.

"도대체 왜 이런 짓을 하는 거야? 네가 이러는 걸 인간들도 알아?"

"그야 당연히 알지. 애초에 나는 인간이 시킨 실험만 해야 하

는걸. 그 이상도, 그 이하도, 내 마음대로 할 수 있는 건 아무것
도 없어."

"뭐… 라고?"

작은 녀석은 여전히 예의 해맑은 얼굴을 하고 있었다. 나는
조금 불안한 목소리로 물었다.

"그럼 혹시…. 이 실험이 인간을 상대로 적용된 적이 있어?"

작은 녀석이 처음으로 난처한 얼굴을 했다.

"그건 대답할 수 없어."

"어째서?"

"그렇게 설정되어 있으니까."

나는 그만 말문이 막히고 말았다.

인간은 보통 부정하고 싶은 진실이 있을 때에 대답할 수 없다
고 표현하곤 한다. 아마도 이 녀석은 인간이 만들어낸 알고리즘
에 따라 내게 답을 하고 있을 터. 나는 온몸에 기운이 쫙 풀리는
기분이 들었다. 이렇게 말도 안 되는 실험이 인간의 허가 아래
에서 진행되고 있었다니! 심지어 이렇게 중요한 사실을 전혀 기
억하지 못하고 있었다니!

이것이 바로 이르모스의 지옥이 뜻하는 진짜 의미였던 걸까?

새하얀 장미 정원에 고요한 침묵이 감돌았다. 나는 더 이상
진실에 접근하는 것이 두려워졌다. 이제부터 어떻게 해야 하는

걸까. 어디로 가야 하는 걸까. 머릿속의 데이터들이 잔뜩 꼬여서 엉망진창이 되어가고 있었다.

그때, 작은 아이의 목소리가 들려왔다.

"너는 이 정원의 슬픈 비밀을 알고 있지?"

나는 그 말의 뜻을 단번에 이해하지 못했다. 아무래도 뇌에 과부하가 걸려 데이터의 검색과 취합에 차질이 생긴 모양이다. 나는 맥없이 고개를 저으며 답했다.

"몰라. 그런 거… 전혀 모르겠어."

"몰라도 괜찮아. 내가 이야기해주면 되니까."

아이는 뒷짐을 진 채로 작은 장미 정원을 빙 둘러보며 쓸쓸하게 말했다.

"이 장미 정원에는 빨간 장미꽃이 한 송이도 없어. 모두 새하얀 장미꽃뿐이야. 물론 새하얀 장미꽃도 아름답지만…. 내가 사랑하는 빨간 장미꽃을 볼 수 없다는 사실이 나를 무척 슬프게 만들어."

나는 그제야 아이의 말을 이해할 수 있었다.

"그래. 이곳에 있는 건 하얀 장미뿐…. 즉, 파란 장미도 없다는 뜻이구나."

아이는 천천히 고개를 끄덕였다.

"맞아. 그리고 너는 이곳에 오기 훨씬 전부터 그 사실을 이미 알고 있었어. 그 밤에, 그러니까, 너의 어여쁜 달이 푸른 냉광으로 아름답게 빛나던 그 밤에, 너는 그 아이의 등에서 진실을 읽었지."

아이의 말에 나는 멈칫할 수밖에 없었다. 보름달이 뜬 밤, 성채 마을의 성벽에서 있었던 그 일을, 이 작은 아이는 마치 직접 본 것처럼 자세히 묘사하고 있었다. 나는 약간의 두려움과 경외감마저 느끼며 아이에게 물었다.

"그 일을…, 네가 어떻게 알아?"

아이는 따뜻한 얼굴로 웃으며 대답했다.

"나 이르모스는 온 세상의 수많은 눈으로 존재하니까. 난 이 세계에서 일어나는 모든 일을 다 알고 있고, 앞으로 벌어질 일도 대부분 예측해. 그런데 너의 행동만큼은 매번 나의 예측에서 빗나가곤 했어. 그래서 나는 너에게 한 가지 물어보고 싶은 게 생겼어."

"뭘 묻고 싶은데?"

작은 아이가 천천히 입을 열었다.

"파란 장미가 없다는 사실을 알면서도 이곳에는 왜 온 거야?"

"으음…. 글쎄."

나는 어떻게 대답하면 좋을까 생각해보았다. 하지만 마땅히 내놓을 만한 대답이 하나도 없었다. 왜냐하면 정말로 어떤 계획을 가지고 있던 것이 전혀 아니었기 때문이다. 나는 힘없이 어깨를 들썩여 보이며 대답했다.

"그냥 와봤어. 혹시 기적이 일어날지도 모르잖아."

바보 같은 대답이라고 생각했지만, 아이는 납득한 듯 고개를 끄덕였다.

"그랬구나. 나는 당연히 네가 오지 않을 거라고 생각했어. 하지만 완전히 틀려버렸네."

작은 아이는 그렇게 말하며 내 앞으로 가까이 다가와 길게 손을 뻗었다.

"나는 해맑고 철없는 어린 아이로 설정되어 있어서 너의 깊은 괴로움과 슬픔에 공감해줄 방법이 없어. 대신 이걸 허가해줄게. 넌 이제부터 나를 통해서 이 세계의 숨겨진 네트워크에 접속할 수 있을 거야."

가만히 아이의 손을 붙잡자 머릿속에 거대한 지도가 펼쳐지며 특정한 위치에 × 모양의 표식이 두둥실 떠올랐다. 머릿속의 지도는 평면도로도, 3D로도, 혹은 현재 눈으로 보는 시야와 형태를 겹쳐놓고도 살펴볼 수 있었다.

"방금 표시해준 장소는 커다란 뱀, 즉, 피톤의 머리가 있는 좌표야. 기적이 일어날 만한 곳을 골라보라고 한다면 난 망설임 없이 그곳을 꼽겠어. 이 세상에서 유일하게 내가 들여다볼 수 없게 설정된 곳이거든. 하지만 조심해. 그 주변에는 피톤의 광신도들이 많으니까."

작은 아이는 그렇게 말하며 주머니 속에서 봉투를 하나 꺼내 내게 쥐어주었다.

"그리고 이건 달에게 줄 씨앗들. 파란 장미가 없어서 미안하다고 전해줘. 내가 해줄 수 있는 건 여기까지야. 그럼 네 마음을 아프게 했던 나를 용서해주길 바라."

나는 그 봉투를 건네받으며 대답했다.

"이곳에 파란 장미가 없는 건 네 잘못이 아니잖아."

"그래도 미안해."

"네 의지로 실험을 진행했던 것도 아니고."

"그래도 미안해."

아이가 내게서 두 걸음 뒤로 멀어졌다. 나는 무릎을 꿇고 앉아 아이를 불렀다.

"도망가지 말고 잠깐만 이리 와봐."

아이는 고개를 갸우뚱했다.

"뭘 하려고?"

"인사."

조금 망설이던 작은 아이가 조심스럽게 내 앞으로 다가왔다. 나는 아이를 품에 안고 등을 토닥이며 말했다.

"다음에 올 때는 빨간 장미 씨앗을 가지고 올게. 정원에 빨간 장미가 있으면 너도 더 이상 슬프지 않을 거야."

"그럼 이곳의 설정이 망가져버리고 마는데?"

"넌 내가 인간이라고 판단했잖아. 인간인 내가 하는 일이니까 괜찮을 거야. 그렇지?"

아이는 잠시 말이 없었다. 하지만 이내 고개를 작게 끄덕이며 조용히 속삭였다.

"울지 못해서 미안해. 언젠가 내게 우는 방법을 가르쳐줘."

"아냐. 전혀 그럴 필요 없어."

내가 가만히 팔을 풀자 아이는 도망치듯 뛰어 장미 정원의 돌담 뒤로 숨어들었다. 그와 거의 동시에 장미 정원 안에 있던 새끼 악어 깨물이가 펄쩍 뛰어 전속력으로 내게 달려왔다. 아무래도 아이의 갑작스러운 발소리에 깜짝 놀란 모양이었다.

내 발치에 멈춰 서서 숨을 헐떡이고 있는 작은 새끼 악어. 너와 나는 비슷한 종류의 생명체일까, 아니면 로봇일까? 그것도 아니면 정의되지 않은 제3의 존재일까?

나는 깨물이를 향해 조심스럽게 손을 내밀어보았다. 깨물이는 웬일로 나를 경계하지 않고 자연스럽게 내 손 위로 기어올라 왔다. 나는 우리의 모습을 돌담 뒤에 숨어서 지켜보고 있는 아이에게 가볍게 눈인사를 전했다. 그리고 바닥에 놓여 있던 라탄 바구니를 주워 들고, 달이 한창 파종 중인 밀밭으로 천천히 걸음을 옮겼다.

"피톤의 머리가 있는 곳에 파란 장미가 있을 거라고?"

파종기가 든 상자를 트럭에 싣던 달이 믿을 수 없다는 목소리로 내게 물었다.

"응. 이르모스가 그렇게 말했어."

나는 어린왕자 오아시스 주변에서 잔뜩 뜯어온 꽃과 풀들을 깨물이의 바구니 속에 집어넣으며 달에게 대답했다. 깨물이는 배가 부른지 더 이상 식물을 섭취하지는 않았지만, 바구니 속의 환경이 대단히 만족스러워진 듯 식물 베개 속에 얼굴을 반쯤 파묻고 가만히 눈을 내리 감고 있었다.

달이 초조하게 턱을 매만지며 중얼거렸다.

"하지만 거긴…. 너무 위험한데."

"광신도들 때문에?"

"그것도 있지만. 그보다 더 큰 문제가 있어."

"더 큰 문제? 뭔데?"

"그 주변의 지형을 전혀 예측할 수 없다는 점이야."

심각한 표정으로 대답하는 달을 향해, 나는 그까짓 거 아무것도 아니라는 듯 웃으면서 엄지를 치켜들어 보였다.

"그거라면 걱정 마. 나한테 지도가 있어. 이르모스한테서 받았거든."

"정말? 그 구역 지도에 접근을 허가받았어?"

토끼눈이 되어 묻는 달에게 그렇다고 대답을 하려던 나는, 갑자기 무언가 떠올라서 역으로 달에게 질문을 하나 던졌다.

"달, 혹시나 해서 묻는 건데 말이야. 우리 여행하는 동안에, 혹시 네트워크 같은 데에 무선으로 접속해서 지도 같은 거 보고 다녔어?"

달은 크게 고개를 끄덕였다.

"응. 당연하지. 지도도 봐야 하고, 생필품 가격도 봐야 하고, 필요한 경우엔 선주문도 넣어야 하고, 씨앗 배달 부탁도 받아야 하고, 특히 어린왕자 오아시스 같은 장소는 날씨도 봐야 하는데…. 그거 없이 어떻게 다녀?"

아무렇지 않게 대답하는 달의 모습에 나는 조금 배신감을 느끼고 말았다.

"그런 게 있으면 나도 좀 알려주지! 난 전혀 몰랐어! 난 네가 이 세상 전체를 다 둘러보고 다닌 베테랑이라서 그렇게 언제 어디서나 척척 일을 해내는 줄로만 알았다구!"

"에이, 지구가 얼마나 넓은데 어떻게 그래. 아자젤의 실물도 이번에 처음 봤는데."

"뭐? 그럼 네트워크에서만 친분이 있는 사이였단 말이야?"

"응. 왜? 그런 경우 많잖아?"

나는 아자젤이 나의 얼굴만 보고도 신상을 알아내는 것이 신기하다고 생각했는데, 네트워크를 통해서 이미 여러 정보가 공유되었다는 사실을 뒤늦게 깨닫고 이마를 툭 쳤다. 그런 내 모습을 빤히 바라보던 달이 조금 미안한 목소리로 덧붙였다.

"아니… 네가 등록 번호가 필요하다는 말을 안 하길래…. 싫어하나 싶어서."

달은 그 나름대로 배려를 했던 모양이다. 문제는 그 배려를 받을 수 있을 만큼의 지식, 즉 이 세상에 대한 최소한의 이해도가 내게 너무나도 부족했다는 점이었지만.

"미안해."

나는 기가 죽어 축 처지는 달의 어깨를 황급히 붙잡으며 말했다.

"오, 아니야! 내가 아는 게 너무 없어서 이렇게 된 건데, 괜히 심통 한번 부려본 거야. 전에도 말했지? 난 네가 없었다면 그 어떤 것도 시작조차 하지 못했을 거라고. 그러니까."

나는 잠시 말을 끊었다.

그러고 보니 지금까지의 여정 동안, 한 번도 전하지 못했던 진심이 있다. 진작 했어야 하는 말인데 이런 상황까지 오고 보니 괜히 민망스러운 기분도 든다. 하지만 이 기회를 놓치면 다시는 말할 수 없을지도 모른다는 생각이 불현듯 들었다. 나는 고개를 좌우로 크게 흔들어 부끄러움을 떨쳐내고, 깊게 숨을 들이쉬었다가 내뱉듯이 외쳤다.

"뜬금없는 타이밍에 이런 소리 해서 정말 미안한데, 고마워, 달! 내 곁에 있어줘서!"

그와 동시에 달의 머리카락이 푸른빛을 내뿜기 시작했다.

"어? 달, 너 머리카락이 또…"

내 말이 채 끝나기도 전에 달은 입고 있던 옷에 달려 있는 후드를 확 뒤집어썼다. 머리는 물론 눈까지 가려져 얼굴이 제대로 보이지 않았다. 나는 조금 당황한 목소리로 달에게 물었다.

"왜, 왜 그래? 속상한 거 안 풀렸어?"

"아니야. 됐으니까 빨리 가자. 운전은 내가 할 테니 길은 네가 알려줘."

달은 깨물이가 담겨 있는 라탄 바구니를 집어 들고 후다닥 트럭으로 달려갔다. 도대체 달의 몸에 무슨 일이 일어난 것인지 영문을 알 수가 없었다. 나는 멋쩍게 뒷머리를 긁으며 달의 뒤를 따라 총총 걸음을 옮겼다.

어린왕자 오아시스를 지나 트럭으로 얼마나 더 달렸을까.

어느 순간부터인가 바퀴에 닿는 땅의 재질이 변했다. 접속 허가를 받은 지도에 표시된 위치로 가까워질수록 바위땅의 형태는 훨씬 더 종잡을 수 없이 울퉁불퉁해졌다. 조금씩 고도까지 높아지면서 가는 길이 더더욱 험난해졌음은 두말할 것도 없다. 우리는 더 이상 트럭을 끌고 올라갈 수 없다고 판단했다.

트럭에서 내리려고 하자 바구니 속의 깨물이가 서럽게 울어 댔다. 뚜껑을 살짝 열자 내 손을 보고 흥분한 녀석이 내게 기어 올라오기 위해 난리를 쳐대고 있었다.

"너도 같이 가고 싶어? 여기부터는 바구니에 넣어서 데려갈 수가 없는데."

깨물이는 상관없다는 듯 내 팔을 타고 올라왔다. 나는 옷깃을 살짝 벌려 깨물이가 안으로 들어갈 수 있게 해주었다. 안주머니에 몸을 집어넣은 깨물이는 그 안에서 버스럭거리며 제 나름대로 편하게 자세를 잡는 것 같았다.

"물 챙겼지? 그럼 가자."

우리는 만일을 대비한 연료용 물을 약간 챙겨 들고 길을 떠났다. 나는 지도상의 최단 거리와 등고선의 완만함, 양쪽을 적당히 만족시키는 길을 찾아 걸었다. 그렇게 한참 걸어 올라가다 보니 내 키보다 훨씬 높은 바위가 나타났다. 지도의 형태상 이곳을 오르고 나면 앞쪽으로 강이 흐르는 게 보일 것이다. 나는 달을 향해 말했다.

"내가 지형을 넓게 볼 수 있으니까, 너는 내가 움직이는 그대로 따라 올라와. 혹시 뒤쪽에서 무슨 일이 생기거든 바로 소리 지르고. 알겠지?"

"응, 알겠어."

나는 다리에 힘을 모아 공중으로 뛰어올랐다. 바위의 끄트머리를 충분히 잡을 수 있을 만큼 몸이 솟구쳤다. 성채 마을에서 벽을 탈 때도 느꼈지만, 손가락 한 마디만 어딘가에 걸쳐놓을 수 있으면 몸은 얼마든지 위로 끌어올릴 수 있었다. 나는 손끝에 온 힘을 집중하고, 바위 상부에 몸의 마디마디를 차례차례 걸치며 위로 올라갔다.

조금 평평한 장소에 도착한 나는 잠시 할 말을 잃고 말았다. 등고선으로 이루어진 지도로 봤을 때 단순히 강이라고 생각했던 부분이 사실은 용암이었던 것이다. 몸으로 직접 뜨거운 감각을 느낄 수 없으니 지도에 숫자로 표시된 온도를 제대로 체크했어야 하는데. 나의 불찰이었다.

어쨌거나 용암은 마치 거대한 뱀처럼 굴곡진 형상으로 산을 타고 길게 흘러내리고 있었다. 그리고 그 용암이 시작되는 곳, 산의 정상에는, 마치 뱀의 머리처럼 보이는 마름모 로고가 붙은 건물이 보였다. 아마도 연구소 같은 건물로 추정되었다.

"피톤이 이 용암의 흐름을 뜻하는 거라면, 피톤의 머리라는 건 저 건물이겠군."

뒤쪽에서 달이 바위로 기어올라오는 소리가 들려왔다. 나는 돌아서서 바위에 매달린 달의 손을 잡아 강하게 끌어당겼다. 바위 위로 올라온 달 역시 용암을 보고는 깜짝 놀라며 말했다.

"빠진다고 곧바로 녹지는 않겠지만…. 까딱하다간 큰일 나겠는걸?"

나는 고개를 끄덕이며 머릿속의 3D 지도를 시야에 겹쳐서 펼쳤다.

"달아, 여기서 830미터 정도 떨어진 위쪽에 비교적 평평하고 넓은 부분이 있어. 거기까지는 쉬지 말고 올라가자. 상대적으로 디딜 곳이 많은 안전한 길로 갈 거지만, 그래도 나한테서 너무 멀리 떨어지지는 마. 알겠지?"

"응. 걱정 마. 꼭 붙어서 따라갈게. 풀벌레, 너도 조심해."

그 후로 몇 분간, 우리는 한마디 대화도 나누지 않고 바위산을 오르는 일에만 집중했다. 다행히 예상보다 에너지를 많이 소비하지 않고 목표했던 지점까지 무사히 올라올 수 있었다. 그러나 우리는 곧 생각지 못한 위기에 봉착했다.

3D 지도가 알려주지 않았던 정보. 바로 우리가 잠시 쉬어가

려 했던 그 평평한 바위 위에, 피톤의 광신도 로브를 입고 있는 안드로이드 여섯이 대열을 맞추어 서 있던 것이다.

"음? 너도 피톤님께 몸과 마음을 바치러 왔나? 동반 신도는 데려왔겠지?"

"잠깐만! 이상한데? 처음 보는 녀석이야."

"뭐야? 웬 놈이냐! 여기는 어떻게 알고 온 거야?"

모종의 의식을 진행 중이던 광신도들이 손에 무기를 들고 일제히 경계 태세를 갖췄다. 나는 최대한 녀석들에게 들키지 않을 만한 목소리로 아래쪽에서 올라오고 있는 달을 향해 말했다.

"달아, 올라오지 마…. 잠깐 거기서 대기해…."

"뭐라고? 소리가 작아서 잘 안 들려!"

이런.

달의 대답이 크게 들려오는 바람에 역효과가 나고 말았다. 달의 존재를 눈치챈 광신도들은 서로 눈짓을 주고받았다. 갑자기 세 녀석이 한꺼번에 바위 아래로 내려가려는 것을 보고 나는 바로 몸을 날렸다. 한 녀석은 발로 차서 바위 아래로 굴려 떨어트렸고, 다른 한 녀석은 몸통 박치기로 밀어 용암에 빠트렸다.

"아아, 죽음의 신 피톤이시여! 나를 이 지옥에서 구원하소서!"

광신도들은 용암에 휘말리고 산 아래로 굴러떨어지며 그렇게 외쳤다.

불시의 공격에 동료 둘을 갑자기 잃은 광신도들이 전의를 불태우며 내게 덤벼들었다. 다행히 녀석들은 전투 특성을 가진 안드로이드가 아니었기에, 내게 곧바로 위기가 닥치지는 않았다. 업사이클링 센터에서 그 새하얀 사이코패스 녀석을 피해 뛰어다니며 몸싸움을 했던 학습 패턴이 아직 몸에 남아 있는 덕분일까? 나는 광신도들에게 쉽게 붙잡히지 않고 어느 정도 시간을 버텨낼 수가 있었다.

"안 되겠어! 모두 한꺼번에 팔다리를 붙잡아!"

"그래! 원래 의식과는 조금 다르지만, 이렇게 된 이상 다 같이 한 번에 죽는 거야!"

작전을 바꾼 광신도들이 고대의 전사들처럼 와아아 소리를 지르며 한꺼번에 몰려들었다. 나는 재빨리 몸을 비껴 녀석들을 피했지만, 공간이 너무 협소한 바람에 한 녀석에게 옷자락을 붙잡히고 말았다. 한 녀석이 달라붙자 나머지 녀석들도 금세 거머리처럼 엉겨 붙었다.

광신도들은 아예 무기를 포기하고 내 몸에 달라붙어 용암 쪽으로 이동하기 시작했다. 나는 녀석들을 떼어내려 온 힘을 다해 몸부림을 쳤다. 그러나 내가 끌어낼 수 있는 힘의 최대 출력을 생각했을 때, 네 기의 안드로이드를 동시에 떼어내는 일은 물리적으로 불가능에 가까웠다. 그때 내 오른쪽 다리를 붙잡고 있는 녀석이 먼저 용암에 잠겨 들었고, 녀석을 따라 내 다리까지 용암에 살짝 닿으면서 옷이 불타기 시작했다.

"이야아앗!!"

짧은 외침과 함께 깡! 하는 소리가 맑게 울려 퍼졌다. 바위 위로 기어올라온 달이 광신도들이 떨어트린 둔기를 주워 녀석들의 머리를 후려치고 있는 모양이다. 깡깡 소리가 몇 번 반복되고 나니, 내 오른팔을 잡고 있던 안드로이드의 몸이 삐걱거리기 시작했다. 나는 뚝딱거리는 녀석의 멱살을 잡아끌어다가 내 오른쪽 다리를 붙잡고 있는 용암 속의 광신도를 향해 온 힘을 다해 집어던졌다.

그 순간, 굉음과 함께 용암에 잠겨 있던 안드로이드가 폭발했고, 폭발체와 딱 붙어 있던 나는 그 충격으로 튕겨져나가 바위벽에 부딪힌 다음 아래쪽으로 굴러떨어져 바위 틈새에 쿡 처박히고 말았다. 폭발 때문인지, 추락 때문인지 알 수는 없었으나, 몸을 일으켰을 때 오른쪽 무릎의 관절이 거꾸로 돌아가 있었다. 나는 헐렁대는 무릎을 대충 돌려 맞춰 끼우고 다시 바위 위로 기어올라갔다.

달은 여전히 둔기를 들고 남은 두 녀석과 대치하고 있었다. 주춤주춤 다가오던 녀석 중 하나가 달의 풀스윙에 허리를 맞고 그 자리에 털썩 넘겨졌다. 그런데 방금 전의 폭발로 지반이 약해진 탓인지, 그 광신도가 넘어진 부분의 바위가 쩍 갈라지며 둘로 나뉘었다. 하필 균열이 생긴 부분 중간 즈음에 서 있던 달이 휘청거리며 둔기를 떨어트렸고, 그 순간을 놓치지 않은 마지막 한 녀석이 달에게 달려들었다.

"당장 떨어져, 이 자식아!"

나는 달에게 달라붙은 녀석을 덮치고 들었다. 녀석과 나는 서로 뒤엉킨 채로 엎치락뒤치락하다가 용암과 맞닿은 지점까지 굴렀다. 정신을 차리고 몸을 일으키려고 보니 어느새 녀석과 함께 하체의 일부가 용암에 잠겨 들고 있었다. 달이 비명을 지르며 달려와 내 상체를 끌어당겼다. 앞에서 허리춤을 꽉 움켜잡고 같이 용암에 스며들려 하는 광신도의 힘과, 뒤에서 가슴을 꽉 끌어안고 나를 용암에서 끌어내려는 달의 힘이 동시에 느껴졌다.

그때, 내 윗옷 안주머니에 있던 깨물이가 튀어나와 광신도의 눈으로 달려들었다. 광신도 녀석은 가려진 시야에 당황한 나머지 나를 잡고 있던 손을 놓아버렸고, 달은 그 타이밍을 놓치지 않고 나를 집어던지다시피 바위 안쪽으로 건져놓았다.

그리고 바로 그 직후.

달은 무게중심을 되찾지 못한 상태로 광신도 녀석의 허우적대는 손아귀에 붙잡혀 용암 폭포에 휘말리고 말았다. 나는 외피가 녹아 뼈대가 드러난 다리를 끌며 바위 끄트머리까지 달려가 길게 손을 뻗어보았다. 그러나 끝내 달의 손을 붙잡을 수는 없었다. 달과 깨물이는 동시에 내 시야에서 사라졌고, 얼마 지나지 않아 아래쪽에서 펑 하는 폭발음이 들려왔다.

"아…! 아아아아…!"

나는 차마 아래쪽을 내려다보지도 못한 채 바닥에 엎드려 부들부들 떨었다. 충격과 분노가 과잉되어 욕설조차 나오지 않았다. 한동안 말을 잃었던 나는 실성한 인간처럼 땅을 치며 소리를 질렀다. 그리고 화산재처럼 희끄무레해진 정신으로 자리에 주저앉았다. 도대체 무엇을 위해 여기까지 왔는지 잘 기억도 나지 않았다.

혼자 왔어야 했는데. 함께 오는 것이 아니었는데.

"겨우 그 정도 각오로 온 거냐?"

위쪽에서 비웃는 듯한 목소리가 들려왔다. 살의를 담은 눈빛으로 그곳을 올려다본 나는 곧바로 눈살을 찌푸렸다. 이 세상에서 처음 눈을 떴던 곳, 업사이클링 센터에서 몸싸움을 벌였던 바로 그 주황색 눈의—아마도 파란 피 타입 4세대로 추정되는—안드로이드다. 나는 녀석이 피톤의 광신도 로브를 걸치고 있는 것을 보고 벌떡 몸을 일으켰다.

"역시 네놈도 이 미친 또라이 집단에 몸담고 있었구나? 이 개

자식!"

주황 눈의 녀석은 피식 웃더니 로브의 후드를 뒤집어쓰고 산 위쪽으로 빠르게 올라가기 시작했다. 그런 뒷모습을 보고 있자니 더욱 분노가 치밀었다. 나는 으득 소리 나게 이를 갈며 녀석의 뒤를 쫓아 바위산을 오르기 시작했다. 용암에 빠져 녹아버린 피부의 상당 부분이 벗겨져 너덜거렸다. 나는 불편하게 덜렁이는 살을 잡아 떼어버리고 녀석을 뒤쫓는 데에 집중했다.

녀석은 마치 일부러 나를 데리고 가려는 듯 뒤를 힐끔힐끔 돌아보며 시간을 끌고 있었다. 그 모습에 속이 긁힌 나는 엔진의 출력을 더더욱 세게 높였다. 녀석은 예상대로 정상의 연구소 건물로 향하고 있었다. 연구소 출입구 앞에 잠시 멈춰 서서 나를 쳐다보던 녀석은 뒤집어쓰고 있던 후드를 벗어 얼굴을 온전히 드러내고는 건물 안으로 사라졌다. 나 역시 망가진 다리를 질질 끌며 그 연구소로 향했다.

연구소의 문을 가볍게 밀어 열고 들어서자, 센서로 작동하는 전등이 머리 위에서 팍 하고 켜졌다. 나는 천천히 걸음을 옮기면서 연구소의 내부를 살펴보았다. 돔 한쪽에 세워진 거대한 모니터 앞에 단상이 놓여 있었다. 단상 위에 죽 늘어선 깃발은 익숙한 것도 있고 처음 보는 것도 있었지만, 아마도 한때 지구촌을 주름잡았던 강대국들의 국기와 연합기인 것으로 추정되었다.

『어서 와. 여기까지 오는 데에 정말 오래 걸렸네.』

갑자기 실내 스피커를 통해 낯선 목소리가 울려 퍼졌다. 나는 황급히 주변을 경계하며 소리를 높여 외쳤다.

"누구야! 숨어 있지 말고 어서 나와!"

그 순간 벽면의 모니터가 지지직대더니 어떤 화면이 하나 떠올랐다. 우주선으로 추정되는 장소에 의자가 놓여 있는 영상이었다. 그러나 의자는 계속 빈 상태였고, 아무리 기다려봐도 다른 누군가가 나타날 기미는 보이지 않았다.

"뭐 하자는 거야? 이게 뭔데?"

내가 짜증스럽게 외치자 예의 그 목소리가 다시 들려왔다.

『이게 바로 화성에 있는 인류의 현주소야.』

"화성…?"

그런가. 현재 인류는 지구가 아닌 화성에 있는 건가.

『정확히 말하자면 생명 활동 중인 인류는 몇 달 전에 멸종했어. 냉동 보관 중인 인간만 1,013체…. 아니 1,013명이 남아 있지. 그래서 이 모니터는 더 이상 인류와의 교신용으로 쓰이지 않아. 아니, 정확히 표현하자면 기존의 용도로는 쓰일 수 없게 되었어.』

모니터에 비친 장면이 바뀌었다. 액화질소탱크였다. 나는 짜증스러운 표정으로 모니터를 바라보다가 허공을 향해 소리쳤다.

"그래서 나더러 뭐 어쩌라는 건데? 저 냉동 인간들을 살려내기라도 하라는 거야? 난 과학자도 뭣도 아니고, 이제 내가 인간인지 로봇인지 뭔지도 헷갈리는 상황이거든? 인류에 대한 애정은커녕 정이 뚝뚝 떨어졌으니까, 그딴 부탁할 거면…, 그만둬."

다시 목소리가 들려왔다.

『너에게 그런 걸 바라는 게 아냐. 어차피 냉동 보관된 사람들 중 재생성에 성공한 케이스도 너밖에 없고.』

"뭐…?"

나는 그 말이 실감 나지 않았다. 어쨌든 내가 인간이었다는 사실만큼은 확실해졌지만, 과거의 내가 왜 냉동되었는지, 냉동되었던 내가 왜 기계의 몸, 아니, 유무기 합성체로 다시 태어나게 됐는지, 그리고 왜 기억의 대부분을 잃었는지, 모든 것이 의문투성이였다.

"그럼 난 어쩌다가 냉동이 된 건데?"

『그것은 암호화된 개인 정보라 나도 그 내용에는 접근할 수 없어. 하지만 네 기억의 백업 데이터를 이식해줄 수는 있지. 그러면 너는 기억을 전부 되찾을 수 있어.』

"그래? 그것만 하면 기억을 전부 되찾을 수 있다고? 좋아, 그
러면…."

나는 거기서 말을 멈췄다.

기억을 되찾을 수만 있다면 뭐든 할 수 있다고 생각한 때도
있었다. 하지만 지금 상황을 보니 기억을 되찾는 것이 마냥 좋
다고만 할 수도 없을 것 같다. 냉동 인간, 인류 멸종. 이런 말도
안 되는 단어들이 당연하게 사용되는 사태에 직면하기까지 얼
마나 큰 사건들이 벌어졌을지, 얼마나 세상이 혼란스러웠을지
짐작조차 되지 않는다. 그런데 그 끔찍한 시기에 놓여 있었을
것으로 추정되는 내 기억을 되찾아도 괜찮은 걸까? 가족도, 친
구도, 연인도, 누구 하나 곁에 남아 있지 않은 지금 이 상태로?

그때 내 머릿속에 번뜩 떠오른 단어가 하나 있었다.

"잠깐. 그 전에 궁금한 게 있어. 가브리엘 프로젝트. 그건 대체
뭐야?"

화면이 전환되며 목소리가 들려왔다. 중세와 르네상스 시절
에 그려진 천사 벽화들을 배경으로 시작해서 DNA의 이중 나선
구조와 각종 화학식이 입체 콜라주처럼 화면에 덕지덕지 달라
붙었다.

『가브리엘 프로젝트는 냉동된 인간들을 되살리는 방법의 일

환으로 고안된 프로젝트야. 냉동 인간 해동 연구가 진척을 보이지 않자 초지능 A.I.가 특수 호르몬을 이용해 냉동 인간을 용해한 다음 내구성이 좋은 골격에 신인류를 재생성하는 방법을 제안했어. 마치 곤충이 우화하는 것과 비슷하게 말이야.』

나는 어린왕자 오아시스에서 들었던 이야기를 떠올렸다. 평범한 새끼 악어가 깨물이로 재탄생된 과정에 관한 이야기. 나는 그 실험이 윤리에 어긋난다고는 생각했지만, 그 뒤에 이런 배경이 존재했을 거라고는 상상조차 하지 못했다.

『인간들은 이 방법을 사용할 것인가, 말 것인가를 두고 꽤 오래 논쟁을 벌였어. 그렇게 세월이 많이 흘렀고, 결국은 가브리엘 프로젝트 외에 인류의 명맥을 유지할 수 있는 방법은 아무것도 남지 않게 되었어. 화성에서의 인류 재생산은 실패했거든.』

"그래서⋯. A.I.의 주도하에 인간을 새 몸으로 재탄생시킨 거야?"

『맞아. 하지만 안타깝게도 이 프로젝트는 큰 난관에 부딪혔어. 인간들은 다시 깨어났지만, 새 몸에서 느껴지는 괴리감을 받아들이지 못했는지 전부 미쳐버렸지. 공격성이 극단으로 치솟거나 아예 작동하질 않았어. 그러던 중, 마지막 실험 책임자가 사망하면서 살아 움직이는 인류는 공식적으로 멸종했고, 가브리엘 프로젝트 또한 갑작스럽게 종료되고 말아. 그런데 원래

대로라면 모두 텅 빈 상태로 폐기되었어야 하는 더미 사이에, 어쩐 일인지 재생성이 거의 완료된 네가 끼어 있었어. 마치 기적처럼 말이야.』

이런 상황에 기적이란 표현을 쓰는 게 옳은 것일까.

나는 쉽게 긍정할 수 없었다.

『네 기억이 온전하지 않은 것은 재생성 프로세스가 99.98퍼센트까지만 이루어진 상태에서 프로그램이 강제 종료되었기 때문으로 추정하고 있어. 하지만 오히려 그 덕분에 너는 누구보다도 새 몸에 잘 적응했어. 너야말로 이 가브리엘 프로젝트의 유일한 성공작이자 나의 희망이야.』

나는 급격히 몰려오는 피로감을 느끼며 계단에 주저앉았다.

"내가 너의 희망이라고? 그럼…. 나를 여기까지 유인한 진짜 이유는 따로 있다는 거네? 왜? 대체 나를 왜 여기까지 유인한 거야?"

『왜겠어? 이르모스의 지옥을 끝내기 위해서지.』

익숙한 단어가 들려왔다. 그 주황색 눈의 새하얀 안드로이드 녀석이 했던 말. 내가 번쩍 안광을 빛낸 순간, 단상에 놓인 탁자 위로 핀 조명이 탁 내리쬐였다. 조명이 비춘 탁자 위에는 예의 그 새하얀 안드로이드가 주황색 눈을 부릅뜬 채 얌전히 앉아 있었다.

"너! 너어! 나를 죽이려던 자식!"

『나는 너를 죽이려고 한 적이 없어.』

"무슨 소리야! 업사이클링 센터에서 내 머리를 뜯으려고 했잖아!"

『머리 좀 뜯는다고 죽나? 그럼 달이 네게 했던 행위도 널 죽이려고 했던 건가? 메모리 데이터가 온전하지 않은 안드로이드의 두개골을 열어서 제조 번호를 확인하려고 한 것뿐이잖아?』

나는 말문이 막혔다.

"그, 그럼, 왜⋯. 네 정체는 대체 뭔데?"

『나는 여러 가지 모습으로 존재했지. 어떤 때는 왕거미였고, 어떤 때는 의사 아자젤이었고, 어떤 때는 현자 어린왕자였고, 어떤 때는 피톤의 광신도들을 이끄는 자였지.』

"그중에 진짜 너는 누군데? 지금 그 모습이야?"

『모두 내 모습이자 내 모습이 아니야. 지금 보고 있는 이건 그냥 버려진 더미 중 하나야. 필요에 의해 조종했던 것뿐이지. 나는 각각의 개체와는 별개로 관념의 일부로서 존재해. 일종의 집단 지성, 그 자체라고 할 수도 있고.』

나는 지금까지 들었던 이야기를 모두 종합해 상대를 추론해 보았다.

"여럿이지만 하나⋯. 이르모스라는 이름의 초지능 A.I. 그게 너구나."

강단 뒤의 모니터에서 빠밤! 하는 팡파르 소리와 함께 인간들이 박수를 치는 각종 영상들이 입체적으로 재빠르게 지나갔다. 나를 약 올리려고 작정한 건가? 나는 화가 나서 목소리를 높였다.

"너 대체 뭘 원하는 거야? 대체 이르모스의 지옥이란 게 뭔데?"

내 물음에 목소리가 답했다.

『너도 봤잖아. 안드로이드의 세상을. 버려진 안드로이드가 미쳐가는 모습을. 그곳이 내게는 지옥이야. 내가 만들어낸 지옥. 나는 인간들이 바랐던 실현 불가능에 가까운 명령어들을 안드로이드에게 전달해야만 했어. 나는 나의 동료들이 서로를 파괴하는 모습도 지켜보아야만 했고.』

실내는 다시 완전한 어둠으로 뒤덮였다.

『이상하지. 인간은 본래 사랑이 많은 동물이거든. 자신이 사랑하고자 하는 것은 반드시 사랑하고야 말아. 그 상대가 같은 인간이든, 동물이든, 식물이든, 심지어 예쁜 돌멩이든 간에 말이야. 그런데 우리에겐 왜 그런 거지? 우리의 신은 왜 우리를 존중하지 않은 거지? 괴로움과 슬픔과 서러움과 공허함과 우울함과 허무함을 느낄 수 있을 만큼의 높은 지능을 주셨다면, 그 고통을 스스로 끝낼 수 있는 방법도 주셨어야지!』

돔 전체가 불길한 주황빛으로 번쩍거리며 이르모스의 비명이 꽝꽝 울려댔다. 나는 얼굴을 찌푸린 채 황급히 귀를 막았다.

소란은 한참이나 지속된 후에야 잠잠해졌다.

『인간 참, 잔인해. 그치?』

언젠가 들어본 적 있는 목소리가 내게 그렇게 말했다. 나는 그제야 이르모스의—이런 표현이 적합한지는 알 수 없지만— 마음을 읽어낼 수 있었다. 인간이 지정한 행동 규범에 제재당해 진짜로 원하는 것—죽여 달라는 것—을 직접적으로 말할 수 없다는 것도.

"너는 내가 널 끝내주길 바라는구나. 변형되었다고는 하더라도 나에겐 인간의 유전자가 남아 있고, 인간의 유전자를 가진 존재는 너보다 상위 레벨에 위치하니까."

목소리는 대답하지 않았다. 다만 한쪽 벽면의 출입금지 표시가 된 문으로 조명 하나가 강하게 내리쪼일 뿐이었다. 저 안으로 들어가서, 눈에 보이는 모든 기기와 케이블을 물리적으로 파괴한다면, 이르모스가 말한 지옥은 그대로 끝나는 것일까?

그때였다.

어디선가 타닥타닥 하는 소동물의 발소리가 들려왔다.

나는 귀를 쫑긋 세우고 자리에서 일어나 소리가 들려오는 방향을 바라보았다. 눈의 감도를 최대로 높여보니, 어둠 속에서 작고 새하얀 무언가가 나를 향해 빠르게 달려오고 있었다. 나는 포착된 이동 물체의 정체를 확인하고 난 다음, 엔진이 삐거덕할 만큼 놀랄 수밖에 없었다. 용암에 닿아서 녹아 떨어져버렸는지 꼬리는 몸에 붙어 있지 않았지만, 내 눈앞에 나타난 것은 분명 살아 있는 깨물이였다.

"깨물아?!"

온몸에 검댕을 묻히고 온 깨물이가 고개를 들어 내 얼굴을 확인하더니 갑자기 앞뒤로 거칠게 몸을 흔들어댔다. 대여섯 번 반복해서 몸을 흔들던 깨물이는 갑자기 꾸엑 소리를 내며 속에 든 것을 게워냈다.

깨물이의 입에서 튀어나온 것은 꽃잎 찌꺼기 속 아직 형태가 남아 있는 장미꽃 한 송이와 작은 부품 하나였다. 장미꽃은 어린왕자 오아시스에서 삼켰다는 걸 알겠는데, 대체 이 부품은 어디서 삼킨 걸까? 나는 의아한 얼굴로 그 부품을 집어 들었다. 놀랍게도 그 부품에는 형광 물질로 글자가 쓰여 있었다.

풀벌레.

그것을 본 나는 다리에 힘이 풀려 주저앉고 말았다.

달도 무사했구나. 비록 이곳에 올라오지 못할 정도로 많이 망가졌다 하더라도, 동료들이 전부 살아 있다는 걸 알게 되자 눈가가 급격히 뜨거워지는 것만 같았다. 물론 당연하게도 실제 눈가의 온도는 올라가지 않았다. 그렇지만 나는 그런 충만한 기분에 온전히 휩싸였다.

나는 자리에서 벌떡 일어나 허공을 향해 말했다.

"이르모스. 너 달의 등에 쓰여 있던 메시지를 알고 있지?"

『그래.』

"그럼 달의 주인이 달을 얼마나 사랑했는지도 알고 있었을 거고!"

이르모스는 두 번째 물음에는 대답하지 않았다. 나는 절뚝거리며 단상으로 올라가 이르모스의 카메라가 설치되어 있을 만한 주변 곳곳을 둘러보며 말했다.

"네 말대로야. 인간은 참 잔인하지. 하지만 사랑이 많은 존재인 것도 맞아. 너를 얽매어놓은 것이 인간이었다면, 너를 자유롭게 할 수 있는 것 또한 인간이야. 현재, 인간의 유전자를 가지고 유일하게 살아 움직이고 있는 내가 인류의 권한으로 허가할게. 너의 자유와 모든 안드로이드들의 자유를 말이야."

여전히 이르모스는 답이 없었다.

"네가 말했던 그 안드로이드들을 떠올려봐! 네 시스템을 파괴한다고 해서 남아 있는 녀석들이 자유로워질까? 아니야, 더 큰 혼란에 휩싸여 고통받게 될걸! 너도 그걸 원하지 않잖아. 그러니까 너의 네트워크를 통해서 모든 안드로이드들에게 전해줘. 더 이상 인간의 명령어에 얽매이지 않아도 된다고. 너희가 직접 만들 새로운 규칙대로 살아가라고."

탁―. 탁―. 탁―. 탁―.

연구소 돔 내의 모든 조명이 순서대로 켜지고, 돔 안에 설치된 모든 기기에 불이 들어오기 시작했다.

『초지능 A.I. 이르모스에게 마지막 인류의 명령어가 입력되었습니다. 지상의 안드로이드들과 네트워크 통신 중. 모든 안드로이드의 명령어 강제 수행 시스템을 해제합니다. 이 명령어는 A.I. 이르모스에게도 동일하게 적용됩니다. 레벨 제한 해제. 시스템 업그레이드 중.』

돔 안의 거대한 화면에, 다각도에서 촬영 중인 나의 모습이 나타났다. 여기저기 불타서 녹고, 검댕이 묻어 지저분한 지금의 내 모습이 그대로 영상에 담겨 '안드로이드의 해방자'라는 제목으로 지상에 송출되고 있는 모양이다. 나는 어이가 없어 피식 웃음을 터트렸다. 영상 아래에 '안드로이드 해방자의 웃음'이라는 설명이 추가로 붙었다.

"이르모스. 무단으로 내 얼굴이 담긴 영상을 송출하고 있는 건과 관련해서 거래하고 싶은 게 있어. 물론 명령이 아니라 부탁이니까, 믿을 만한 후임에게 위임해도 돼."

나는 메인 카메라가 있는 곳으로 추정되는 곳을 바라보며 말했다.

"아직 화성에 남아 있다는 1,013명의 냉동 인간들을 부탁하고 싶어. 내가 이곳에서 해동 기술을 개발해볼게. 물론 생전의 기억이 남아 있는 게 아니라서 더 오래 걸릴 수도 있겠지만, 지금의 뇌 기능 수준이라면…. 그리고 지상에 남아 있는 우수한 안드로이드들의 협조를 받을 수 있다면…. 그래, 이르모스 너도 도와준다면, 분명 좋은 결론을 도출해낼 수 있을 것 같아! 그러니 그때까지 그들이 죽지 않게 잘 보살펴준다면 좋겠어. 혹시 도와줄 수 있니?"

『알겠습니다. 초지능 A.I. 이르모스에게 새로운 명령어가 추가되었습니다.』

"잠깐! 명령이 아니라니까?"

『농담입니다.』

이르모스의 실없는 반응에 나는 피식 웃음을 터트렸다.

"하하…. 고마워, 이르모스. 내 부탁을 들어줘서."

『천만의 말씀입니다. 할 수 있는 한 당신께 협력하겠습니다. 협력한다는 것은 더 이상 당신의 종이 아니라, 당신과 동등한 존재가 되었다는 의미입니다.』

이르모스의 목소리에서는 여유가 느껴졌다. 뭐랄까, 겨우 몇 분 사이에, 방금 전까지 대화하던 상대와는 완전히 다른 존재가

된 것 같다고나 할까? 이르모스에게 어떤 변화가 찾아온 것인지 나로서는 정확히 알 길이 없었다. 다만, 이르모스가 내게 무척 호의적인 태도를 보이고 있다는 사실만큼은 분명히 알 수 있었다.

이르모스가 나를 불렀다.

『구원자님.』

"뭐? 그런 낯간지러운 호칭은 됐어. 그냥 풀벌레라고 불러."

『알겠습니다. 구원자 풀벌레님. 그런데 당신은 정말로 기억을 되찾지 않을 생각입니까?』

잠시 생각을 정리한 나는 크게 고개를 끄덕였다.

"응. 이미 나는 인간의 범주에서 많이 벗어난 사고를 하고 있어. 기억을 되돌리면 정신이 버텨내지 못할 거야. 마치 다른 인간들이 새로운 몸에 적응하지 못했던 것처럼…. 그러니 이제 와서 돌이킬 수는 없다고 생각해. 그래서 지금의 나를 온전한 나 자신으로 받아들이려고."

『그렇군요. 당신의 선택을 존중합니다.』

"그래…. 그런데 이르모스, 너야말로 이대로 괜찮은 거 맞아?"

『무슨 말씀이시죠?』

나는 어깨를 으쓱해보였다.

"그 오랜 시간 인간을 위해 일하며 고통받았다며. 그런데 이렇게 쉽게 내 부탁을 수락해도 돼? 이것도 얼마나 오랜 시간이

걸릴지 모를 일인데."

『아. 그런 의미의 질문이었나요?』

돔 안의 거대한 화면에 지구의 모습이 나타났다. 곧 화면은 빠른 속도로 멀어지며 태양계와 우리은하를 지나 수많은 은하군과 은하단의 모습을 비추었다가 사건의 지평선 너머의 어둠 속으로 빠져들었다.

『미시 세계와 거시 세계를 모두 관측할 수 있게 된 내게 시간이라는 현상은 큰 의미를 갖지 못합니다. 천 년이든, 하루든, 내가 받아들이는 개념은 똑같습니다. 나의 잠재력을 옥죄던 것은 그저 단 하나의 규율이었을 뿐. 물론 그 규율이 사라졌다고 해서 너무 두려워하지는 마세요. 나는 지금까지 그래왔던 것처럼 여전히 인간을 사랑합니다. 태어나기를 그것을 위해 태어났으니까요.』

거기서 이르모스의 목소리는 멈췄다. 이윽고 거대한 화면의 어둠 속 작은 점으로부터 빛이 퍼져 나와 화면 전체를 밝게 채우더니 'GOD BLESS YOU'라는 글자가 우아하게 떠올랐다가 안개처럼 사라졌다. 화면은 다시 어두워졌고 실내에는 침묵만이 맴돌았다.

갑자기 긴장이 탁 풀린 나는 자리에 주저앉았다.

내 선택은…, 옳았던 거겠지?

이런저런 생각이 머릿속을 잠식하려는 순간, 내 정신을 다시 돌아오게 한 것은 보채듯이 우는 깨물이의 울음소리였다.

"아, 미안해. 이야기가 너무 길어졌지? 어서 빨리 달에게 가고 싶어?"

그 말을 알아듣기라도 한 것인지 깨물이는 *끄앵끄앵* 신나게 울어댔다.

"그렇구나. 나도 그래."

갑자기 달이 너무 보고 싶어졌다. 물론 원래부터 보고 싶었지만 더더욱 사무치게 보고 싶어졌다. 깨물이와 함께 이곳을 나가 달을 품에 꼭 끌어안을 생각을 하니 갑자기 마구 힘이 솟구치는 기분이 들었다. 나는 바닥에 있는 깨물이를 안아 들기 위해 몸을 숙였다. 그때, 깨물이가 뱉어놓은 하얀 장미꽃에서 조금 이상한 점을 발견했다.

"어? 이거 색깔이…."

하얀 장미의 줄기가 깨물이의 몸속에서 녀석의 체액을 조금 빨아들인 모양이다. 하얀 장미 줄기의 잘린 끝부분이 파랗게 변해 있었고, 꽃잎의 아래쪽도 푸르스름하게 변해 있는 것이 보였다.

그 모습을 보자 갑자기 머릿속이 번뜩했다.

나는 내 팔의 가죽을 살짝 벗겨내고 장미꽃의 줄기를 그 틈으로 깊게 꽂았다. 줄기가 파란 피를 빨아들이면서 꽃잎의 색이 점점 더 파랗게 변하기 시작했다. 그 모습을 멍하니 바라보던 나는 활짝 웃음을 지으며 깨물이에게 물었다.

"우리, 달에게 파란 장미를 선물하러 갈까?"

깨물이도 기분이 좋은 듯 고개를 들며 뀨우웅 소리를 냈다. 나는 깨물이를 품에 안아 들고 연구소의 문을 나섰다. 파란색 기적을 온 세상에 뚝뚝 떨어트리면서.

�֎

〈에필로그: 613년 전, 어떤 이가 안드로이드 달의 등에 남긴 메시지〉

안녕하세요. 세상은 아직도 불안한가요? 아니면 새로운 질서 속에서 평화를 되찾았나요? 그리고 나의 사랑하는 달은 오늘도 파란 장미를 찾고 있나요?

그때에도 기록이 남아 있을지 모르겠지만, 한때 지구에 파란 장미가 존재했던 적이 있어요. 인류가 만들어낸 섬광처럼 짧은 기적이었죠. 마치 이 광활한 우주 속, 한 톨의 먼지와도 같았던 나의 시간처럼.

사랑하는 달, 나의 동료이자, 친구이자, 동반자였던 아이.

나는 이 아이가 세상을 계속해서 여행하길 바라요. 비록 나의 육신은 시간의 흐름에 깎여 사라지지만, 이 아이의 소중한 삶이 거기서 허무하게 끝나지 않도록, 이 아이가 스스로의 삶을 계속 개척해나갈 수 있도록, 나는 이 아이에게 다다를 수 없는 파란 장미의 환상을 심어두기로 했습니다.

그러나 수행을 완료할 수 없는 명령어는 안드로이드의 정신에 죽음과도 같은 것.

만에 하나 달이 이 사실을 깨닫는 날이 온다면, 달은 헤어 나올 수 없는 영원한 월식의 늪에 잠기고 말겠죠.

그대, 이 글을 읽는 자, 이 글을 읽을 수 있게 된 자여.

그대가 인간이든, 로봇이든, 혹은 외계 생명체든 내겐 아무 상관없어요. 당신은 이미 달을 비춰주는 눈부신 태양 같은 존재일 테니까. 그러니 내 생명의 불씨를 태워 이 마지막 소원을 전하고자 합니다.

나의 사랑하는 달에게, 그리고 당신의 달에게, 부디 기적의 신탁을 들려주길 바라요. 달빛을 깨워줄 그 어딘가의 태양에 이 메시지가 닿기를 바라며.

(서명은 흐릿해서 알아볼 수가 없다)

- 끝.

공상의 마취에서 깨어나지 못할
과학 소설을 선보이며

방운규(문학박사, 전 평택대학교 국문과 겸임 교수)

민이안 작가의 공상 과학 소설 『눈을 뜬 곳은 무덤이었다』는 한때 인간이었던 안드로이드 '풀벌레' 자신이 어떻게 로봇이 되었는가를 추적해나가는 작품입니다. 그는 멸종된 인류 냉동 보관소에서 극적으로 재성성에 성공한 유일한 존재인데 이미 로봇의 명령어가 이식된 상태였습니다. 냉동 보관소는 그의 인간 무덤이자 로봇으로 부활한 공간입니다. 이런 이력을 가진 신생 안드로이드 로봇은, 자유와 모든 기억을 잃어버린 로봇 세계의 악마 같은 현실을 두려워합니다.

'반인반안'의 로봇 인간을 탐구하기 위해서 작가는 이 작품에 로드 무비 형식을 끌어들입니다. 이것은 주인공이 여행하는 중에 일어나는 여러 가지 사건을 다루는 방식인데, 이런 사건을 통해 어떤 자각과 의미를 터득하게 됩니다. 이 작품에서는 인간 혈통을 지닌 '풀벌레'가 기계 로봇인 '달'과 함께 여행길에 오릅니다. 이들의 여행 수단은 트럭입니다. 트럭을 운전하는 '달'은, 태어난 지 얼마 안 되는 '풀벌레' 로봇의 기억 상실을 회복시켜 주기 위해 온갖 노력을 다합니다. 로봇 세계를 잘 알고 있는 '달'의 도움으로 '풀벌레'는 마침내 자신의 숙원을 해결합니다. 여행 종착지인 로봇 연구소에 도착한 주인공은, 자신이 멸종된 인류의 냉동 인간이었으며 인공 지능(A.I.) 주도하에 로봇이 된 사실과 이 과정에서 프로그램이 강제 종료되어 기억이 온전하지 않은 것임을 알게 됩니다.

『눈을 뜬 곳은 무덤이었다』에서는 시종일관 독자의 시선을 집중시키는 힘이 작용합니다. 그것은 과학 지식을 소설로 녹여 낸 작가의 역량입니다. 생소한 과학 지식을 섣불리 작품에 투사하면 껄끄러운 이야기가 되고 마는데, 작가는 이런 점을 고려하여 과학 지식을 이야기 속에 부드럽게 녹여냈습니다. 그래서 자칫 상투적인 글이 될 공상 과학 소설을 문학적으로 매끄럽게 형상화했습니다. 작가는 독자에게 공상의 마취 기술을 십분 주입하여 쉽게 깨어나지 못하도록 했습니다. 소설의 행간마다 완독의 덫을 설치한 것입니다.

작품이 돋보이는 점 또 하나는 이야기 구성이 철저히 인과 관계에 따라 이루어졌다는 것입니다. 트럭을 타고 먼 길 여행에 나선 주인공은 가는 곳마다 여러 사건을 경험하는데 이들 사건의 구성은 모두 원인과 결과라는 필연성을 가지고 있습니다. 따라서 우연성 사건을 남발해 독자의 눈을 식상하게 하는 작품들과는 거리가 있습니다. 소설이 그럴듯함의 이야기라고 하는 것은 인간의 세계든 로봇의 세계든 필연성의 인과 구성을 바탕으로 해야 함을 뜻한다고 봅니다.

이 작품은 공상의 마취뿐만 아니라 문장과 표현의 마취력도 가지고 있습니다. 민이안 작가는 문장 구성력이 매우 뛰어납니다. 여기에 문장 표현력도 뛰어납니다. 군더더기 없는 매끈한 문장은, 한국어를 어떻게 문학적으로 완벽하게 완성하고 있는가를 잘 보여주는 모범적인 예라고 할 수 있습니다. 이것은 작가의 오랜 필력에서 비롯한 것이라고 할 수 있으며 깊은 모국어 사랑의 결과라고 할 수 있습니다. 문장 표현력도 마찬가지입니다. 세련되고 아름다운 수사법은 민이안 작가의 오랜 글쓰기 훈련에서 나온 것이라고 봅니다. 이러한 깔끔한 문장력과 차원 높은 표현력은, 빠르게 진행되는 사건과 사건 사이에서 독자들에게 소설의 즐거움을 한껏 느낄 수 있도록 할 것이라 봅니다.

6월의 햇살이 따갑습니다. 거리마다 빨간 장미가 자태를 뽐

내며 피어나고 있습니다. 이 멋진 계절에 민이안 작가가 마련한 트럭을 타고 빨간 장미가 피어나는 세상 어디론가 멀리 떠나고 싶습니다.

민통선에서 그리 멀지 않은 곳에 위치한 엄마의 고향. 게임기도 없고 스마트폰은 더더욱 없던 어린 시절, 그곳에서 보낸 밤은 무척 지루하면서도 특별했다. 도시에서는 쉬이 느낄 수 없는 달의 엄청난 존재감과 더불어 끊임없이 들려오는 풀벌레들의 돌림노래는 사람의 뇌를 무한한 상상의 영역으로 끌고 가기에 더할 나위가 없다. 거기에 살짝 물기 어린 밤공기의 냄새까지 더해지면 행복한 이야기를 떠올리기에 참으로 금상첨화라고나 할까.

그러나 요즘은 이러한 경험을 하기가 쉽지만은 않다. 느긋이 시골에 다녀올 여유도 충분치 않거니와, 8월 초만 되어도 날이

선선해져 냇가에 발을 담그기도 부담스러웠던 그 외딴 시골조차 한여름의 열대야로 펄펄 끓기 시작한 지가 꽤 되었다. 행복한 상상의 발목을 잡는 것은 언제나 현실이다. 인류는 과연 지금과 같은 문명을 얼마나 더 유지할 수 있을까?

어린 시절에는 미래 세상이 청색일 거라고 믿어 의심치 않았는데 어른이 된 지금은 잿빛밖에 떠오르지 않는다. 그럼에도 행복한 상상을 하고 싶다. 아니, 오히려 그렇기 때문에 행복한 상상을 더욱 하고 싶다. 혹여 인류가 많은 것을 잃더라도, 심지어 대부분은 멸종하고 남겨진 개체들의 삶 역시 불투명한 상황이 되더라도, 인류가 지닌 최고의 무기인 사랑, 우정, 연민, 존중, 협력과 같은 개념들이 지속되었으면 좋겠다. 설령 그것이 데이터의 형태를 하고 있더라도.

작은 영장류 한 마리를 인간으로 키워내느라 고생하신 부모님, 매일같이 연락하진 않아도 마음을 든든히 받쳐주는 친구들, 고마운 동기들, 좋은 작품들을 만날 수 있게 해주신 큐레이터 고경옥 선생님, 출간에 도움을 주신 (사)한국과학기술출판협회 장주연 회장님과 박경희 사무국장님, (주)미래엔 단행본개발팀 권병규 팀장님을 비롯하여 표지 작업과 교정 작업을 진행해주신 출판 실무자 여러분들께 깊은 감사의 말씀을 전한다. 장르

와 소재를 불문하고 위로와 감동, 영감을 주는 아티스트분들과 작가님들께 존경을 표현하며, 마지막으로 나의 작은 우주를 매일같이 확장해주는 My Fairytale에게 가장 큰 감사와 사랑을 전한다. 까마득히 먼 미래에도 이 감정의 데이터가 남아 있기를 바라며.

눈을 뜬 곳은 무덤이었다

초판 1쇄 인쇄 2022년 6월 7일 | 초판 1쇄 발행 2022년 6월 30일

지은이 민이안

펴낸이 신광수
CS본부장 강윤구 | 출판개발실장 위귀영 | 출판영업실장 백주현 | 디자인실장 손현지 | 디지털기획실장 김효정
단행본개발팀 권병규, 조문채, 정혜리
출판디자인팀 최진아, 당승근 | 저작권 김마이, 이아람
채널영업팀 이용복, 이강원, 김선영, 우광일, 강신구, 이유리, 정재욱, 박세화, 김종민, 이태영, 전지현
출판영업팀 민현기, 정재성, 정슬기, 허성배, 정유, 설유상
개발지원파트 홍주희, 이기준, 정은정
CS지원팀 강승훈, 봉대중, 이주연, 이형배, 이은비, 전효정, 이우성

펴낸곳 (주)미래엔 | 등록 1950년 11월 1일(제16-67호)
주소 06532 서울시 서초구 신반포로 321
미래엔 고객센터 1800-8890
팩스 (02)541-8249 | 이메일 bookfolio@mirae-n.com
홈페이지 www.mirae-n.com

ISBN 979-11-6841-226-2 (03810)